AF237413

Oma Krawutke ermittelt ermittelt

Kriminelle Kurzgeschichten

Das Buch

Zwischen Hartz IV und schlecht bezahlten Jobs kämpfen die Krawutkes mit Berliner Schnauze und Humor gegen die Unbilden des Alltags.

Dabei stolpern sie immer wieder über Lug und Trug und Leichen. Und ohne Oma Krawutke, die Patriarchin der Familie, bliebe das ein oder andere Verbrechen ungesühnt.

Die Autorin

Anja Feldhorst – geboren 1965 im Auto auf der Fahrt ins Saarbrücker Krankenhaus, seit 1984 in Berlin und seit 2013 in der Prignitz zu Hause. Schon als Kind liebte sie es kriminell – ihr Lieblingsmärchen war *Der Räuberbräutigam*, in dem eine findige Prinzessin einem Serienkiller (damals noch Räuber genannt) entkommt und ihn mittels eines abgeschnittenen Fingers überführt. Heute liebt sie es nicht weniger kriminell, aber deutlich weniger blutrünstig. Sie schreibt humorvolle Krimis und hat bereits zahlreiche Kurzgeschichten und einen Kriminalroman veröffentlicht.

Seit 2015 gibt sie auch Schreibkurse. Sie eröffnete 2018 den Prignitzer Schreibsalon, um Schreibwütigen in Onlinekursen und in der analogen Welt das kreative Schreiben näher zu bringen.

Sie ist Mitglied der Mörderischen Schwestern e. V. und im VS – Verband deutscher Schriftstellerinnen und Schriftsteller.

Anja Feldhorst

Oma Krawutke ermittelt

Kriminelle Kurzgeschichten

Impressum

Die Krawutkes gibt es in der Realität so nicht. Auch alle anderen Personen sind von mir erdacht und zu Papier gebracht. Gleiches gilt für die beschriebenen Ereignisse und Handlungen. Die Orte existieren tatsächlich – zum Teil wenigstens. Auch wenn sie heute anders aussehen mögen als zu der Zeit, als ich die Geschichten schrieb. Sollte jemand sich selbst oder eine andere Person in dem von mir Geschriebenen wiedererkennen, ist das zwar lustig, aber nichts als reiner Zufall.

Bibliografische Information der Deutschen Nationalbibliothek: Die Deutsche Nationalbibliothek verzeichnet diese Publikation in der Deutschen Nationalbibliografie; detaillierte bibliografische Daten sind im Internet über http://dnb.dnb.de abrufbar.

Lektorat: Anja Feldhorst
Layout: Anja Feldhorst
Covergestaltung: Marion Kaiser, Marienfließ

Herstellung und Verlag: BoD – Books on Demand, Norderstedt

ISBN: 9783752831276

Inhaltsverzeichnis

Kevins Eier

Als Jaqueline Glemmer, Star der Daily Soap »Schlachthof des Schicksals«, das Untergeschoss des *Quartier 205* durchquerte, kramte Johanna gerade in ihrer Geldbörse nach Kleingeld. Tiffany stieß sie mit dem Ellbogen in die Seite. »Kiek ma! Det is die Glemmer.« Sie knallte die beiden Milchshakes, die sie in den Händen gehalten hatte, auf den Tresen der Saftbar und rannte hinter der Schauspielerin her, die inzwischen außer Sichtweite war. Johanna starrte ihrer Freundin einen Moment nach, dann zählte sie hektisch ein paar Münzen ab, warf sie neben die Shakes auf die hölzerne Tresenplatte und setzte ihre fünfundneunzig Kilo in Bewegung. Sie schnaufte wie eine Dampflok kurz vor der Explosion des Kessels, während sie über den grauen Granit Richtung Friedrichstadtpassagen donnerte. »Wenn die mir keen Autogramm mitbringt, denn is det mit die Freundschaft Jeschichte.«

»Ick find det so super süß, wie de in die Folge mit den Schönheitschirurgen so in den rosa Kittel anne Wurstmaschine stehs und wie der dir da sieht und sagt, du hättes so ne adelige Neese, wa?« Tiffany strahlte Jaqueline Glemmer an.

»Ja, danke.« Jaqueline lächelte bereits seit zwei Minuten unverbindlich. Sie schielte verstohlen auf ihre Armbanduhr. »Möchtest du vielleicht ein Autogramm?«

»Det wär geil.« Tiffanys Blick klebte sehnsüchtig an Jaquelines *Thomas-Sabo*-Ohrringen.

Das Starlet kramte in ihrer mit türkis glitzernden Strasssteinchen bestickten Handtasche nach einer Autogrammkarte und einem Stift. Die Einzige, die sie fand, hatte ein Eselsohr. Sie strich die Ecke glatt und presste die Karte gegen einen Laternenpfahl, um zu unterschreiben.

Mit gespannter Aufmerksamkeit verfolgte Tiffany jede ihrer Bewegungen. »Deene Tasche is sowat von Wahnsinn. Wo hasse die denn her? Det Ding hat bestimmt n Schweinejeld jekostet. Mann, wenn ick die Kohle hätt, denn würd ick mir auch sone Tasche koofen. Die is ja sooo …«

Mit lautem Knattern startete ein am Bordstein parkender VW-Bus.

Jaqueline zuckte zusammen und statt mit einem schwungvollen Bogen endete ihr Name nun in einem langen Strich, der sich quer über das Foto zog. »Mist«, zischte sie leise.

In diesem Moment schwang die Seitentür des VW-Busses krachend nach hinten. Zwei behandschuhte Hände griffen nach ihr und zogen sie in das Innere des Wagens.

Tiffany brüllte auf und stürzte sich auf ihr Idol. Mit der einen Hand packte sie Jaqueline am Arm, um sie zurück auf die Straße zu zerren, mit der anderen versetzte sie dem Angreifer einen Schlag auf die Nase.

»Lass los, du Arsch!«

Ein maskierter Kerl mit dem Kreuz eines Preisringers sprang aus dem Wagen und versuchte, Tiffany von Jaqueline wegzureißen. Doch die hielt das Starlet fest umklammert. Mit plateauschuhbewehrten Füßen trat sie wild in Richtung Preisringer, der ausholte und Tiffany einen sauberen rechten Haken versetzte. Tiffany schwankte und verkrallte sich in Jaquelines langem, blondem Zopf. Jaqueline schrie schrill auf. Ein zweiter Faustschlag brachte sie zum Schweigen. Ein kräftiger Stoß und die beiden ineinander verknäulten Mädchen stürzten mit lautem Poltern auf die Ladefläche des Bullis.

Als Johanna endlich dazukam, war es schon zu spät. Sie rannte durch die offene Glastür auf den Riesenkerl zu, doch eine Faust von der Größe eines Straußeneis stoppte sie mit einem Treffer in den Magen. Sie knickte wie ein Strohhalm ein und erbrach sich. Bevor sie sich wieder aufrappeln konnte, war der Mann in den Wagen gesprungen, hatte die Seitentür zugezogen und der Transporter war mit Tiffany und Jaqueline davongerast.

*

Oma Krawutke schloss die Wohnungstür hinter den beiden Polizeibeamten und ging zurück in die Küche. Johanna hockte auf der Eckbank. Sie war noch immer ziemlich blass, aber sie weinte nicht mehr. Nur hin und wieder schniefte sie leise. Oma Krawutke goss ihr noch einen Kognak ein.

»Mann, ham die Bullen doof jefragt.« Johanna verzog die Mundwinkel und imitierte den freundlich unterkühlten Ton, in dem Kriminalhauptkommissar Brinkheim sie die letzten zwei Stunden befragt hatte. »Ah ja, einen Ex-Freund hat Ihre Urenkelin, Kevin Repka, mit dem sie Streit hatte, ah ja und ein Kind mit ihm. Ah ja, und das Kind ist auf einer Fahrt mit der Kindertagesstätte.«

Obwohl Oma Krawutke zum Heulen war, musste sie kichern.

Johanna räusperte sich: »Ah ja, und bis heute haben weder Sie noch Frau Krawutke Frau Glemmer persönlich gekannt.« Sie verdrehte die Augen. »Wat denkt der Idiot sich, wen wir so kennen. Uffm Arbeitsamt jetroffen, wie se n Harz-IV-Antrag jestellt hat oder wat?« Johanna holte tief Luft. »Ach Mensch, Oma, det is allet so schrecklich.« Ihre Stimme drohte zu kippen.

Oma Krawutke setzte sich neben Johanna auf die Bank und griff nach der Hand der jungen Frau.

»Kleene, det wird schon. Die Polizei findet die Entführer un janz schnell is Tiffy wieda da.«

Johanna schniefte leise »Wenn de meenst.« Sie nahm einen Schluck Kognak, verzog das Gesicht und schüttelte sich. »Vielleicht solltn we Kevin anrufen. Der muss det doch wissen.«

Oma Krawutke tätschelte Johannas Arm. »Ach nee, Kleene. Is doch jenug, wenn wir uns sorgen.«

*

Tiffany hatte höllische Kopfschmerzen und einen metallischen Geschmack im Mund. Vorsichtig öffnete sie die Augen. Die Glühbirne, die an der niedrigen Betondecke baumelte, reichte kaum aus, den Raum zu beleuchten. Viel mehr als diese Funzel hatte er aber ohnehin nicht zu bieten. Eine alte Matratze, auf der Tiffany lag, zwei große Waschbecken aus Granit auf Betonfüßen an der Wand gegenüber, ein gusseiserner Ascheimer mit Deckel und eine Rolle Werra-Krepp-Klopapier rechts daneben. Die zwei kleinen Fenster knapp unter der Zimmerdecke waren von außen mit schwarzer Plane verklebt. Stöhnend richtete Tiffany sich auf, jeder Knochen in ihrem Körper schien über eine ganz eigene Art von Schmerz zu verfügen.

Neben dem Betonfuß des rechten Waschbeckens lag ein leise wimmerndes Häufchen, über dessen obere Hälfte ein Jutesack gestülpt war und dessen Hände sich fest in eine türkis glitzernde Handtasche verkrallt hatten. Tiffany robbte zu Jaqueline und zog an dem Knoten, der den Jutesack an seinem Platz hielt. Plötzlich kam

Leben in das Häufchen. Jaqueline schlug und trat um sich, soweit es Sack und Handtasche zuließen.

»Ey, lass den Scheiß. Ick will dir det Ding da losmachen.«

Aber Jaqueline tobte weiter. Tiffany packte sie am Arm und schüttelte sie. »Is jetz jut, ja? Ick bin's, Tiffy. Reiß dir ma zusammen«, schnauzte sie. »Au vadammt!« Sie rieb sich die rechte Wange. Dann holte sie tief Luft und brüllte los: »Hör uff. Ick mach dir jetz los. Und wenn de nich stillhälts, denn vadresch ick dir, dass de nich mehr weeßt, wo oben un unten is.«

Jaqueline erstarrte mitten in einem Tritt.

»Jut. Denn lass ma kieken.« Tiffany hielt das eine Ende des Knotens fest und versuchte, die Schlaufe zu lockern.

Ein halbes Dutzend Flüche später löste sich der Knoten und sie zog Jaqueline den Sack vom Kopf. »Au Mann, die ham dir ja son Klebeband vapasst wie im Kino. Det tut jetz bestimmt weh. Ick mach det aber janz langsam, wenn ick det zu schnell mach, hängt hinterher nochn Stück vonne Lippe dran. Un det wär blöd, wo we doch hier keen Verbandszeug ham.«

Vorsichtig zupfte Tiffany an dem silbernen Klebeband. Jaqueline grunzte gequält. Tränen traten ihr in die Augen. Schließlich hielt Tiffany den Streifen in der Hand. Auf der Innenseite schimmerte ein Abdruck von Jaquelines pinkfarbenem Lippenstift.

»Ick gl(o)obe, wejen dem Lippenstift hat det nich so doll jeklebt, Jott sei Dank. Jeht's dir sonst jut?« Tiffany wollte Jaqueline eine blonde Strähne aus dem Gesicht streichen, aber Jaqueline stieß ihre Hand weg. »Lass das. Wegen dir sitz ich doch überhaupt nur hier«, kreischte sie.

»Wat? Du ticks wohl nich janz sauber.«

»Hättest du mich nicht so schwachsinnig zugetextet, hätte ich im Taxi gesessen, bevor die Entführer gekommen wären.« Jaquelines Augen schimmerten feucht.

»Ey! Ick vasuche dir zu retten unter Einsatz von mein Leben, un du mauls hier rum. Wer weeß, vielleicht hättn se dich schon längs umjebracht, wenn da nich Zeugen so wie icke jewesen wärn. Oh Mann, det tut vielleicht weh.« Tiffany stöhnte und griff sich an die Stirn.

»Aber wenn du mich gar nicht retten wolltest, sondern dazugehörst und mich jetzt aushorchen sollst …«, wimmerte Jaqueline. Sie krabbelte auf allen vieren zur Matratze, legte sich hin und drehte Tiffany den Rücken zu.

»Biste bescheuert oder wat? Statt hier rumzuheulen, solltn we lieber ma überlejen, wie we hier rauskommen.« Sie griff nach der Handtasche, die Jaqueline neben sich gelegt hatte.

Blitzschnell drehte sich Jaqueline um und riss Tiffany die Tasche aus der Hand. »Pfoten weg, das ist meine. Mich beklaust du nicht«, schnauzte sie.

»Du bis echt nich mehr janz dicht.« Tiffany stöhnte. »Ick wollt bloß kieken, ob de nochn Handy inne Tasche has. Meins hab ick irgendwo valorn. Wahrscheinlich wie der Typ mir k.o. jehaun hat.«

»Ich seh selbst nach.« Jaqueline rückte ein Stück von Tiffany weg und öffnete die Tasche.

»Mir ejal. Mann, brummt mir der Schädel.« Mit den Fingerspitzen massierte Tiffany ihre Schläfen.

»Nichts. Mein Handy ist weg, genauso mein Filofax und mein Kugelschreiber. Schminkzeug, Schlüssel und Portemonnaie sind noch da. Oh, die Schweine haben mir mein ganzes Geld geklaut.«

»Wat dachtes du denn?« Tiffany lehnte sich mit dem Rücken an die Wand und murrte leise vor sich hin.

Jaqueline rollte sich wieder auf die Seite, schob sich die Handtasche unter den Kopf und schloss die Augen. Bis auf ihre gleichmäßigen Atemzüge, durch gelegentliche Schluchzer unterbrochen, und Tiffanys mantraartiges Gemurmel war es totenstill in dem Raum.

*

Ein Schlüssel drehte sich im Schloss, dann wurde die Stahltür aufgerissen. Helles Licht drang durch die Türöffnung. Tiffany, die Rücken an Rücken mit Jaqueline auf der schmalen Matratze gelegen hatte, schreckte aus einem unruhigen Schlaf hoch. Der bullige Typ, der Tiffany bewusstlos geschlagen hatte, betrat den Raum, eine kleine, magere Gestalt schob sich hinterher. Beide waren wie bei dem Überfall maskiert und trugen Handschuhe. Der Bullige hielt eine Pistole, der Kleine eine

Rosenschere. »Ick kann det nich. Det is bestimmt Körpervaletzung«, jammerte er.

»Hättste die Lösejeldforderung nich auf AB jequatscht, würden uns die Bullen ernst nehmen und wir brauchten den Mist hier nich«, bellte der Bullige.

»Aber wat hätt ick denn machen solln. Is doch niemand ranjejangen. Un ick dachte …«

»Hör uff zu denken, det besorg icke. Mach du bloß, wat man dir sagt.« Der Bullige wurde lauter: »Jetzt mach schon.«

Stumm verfolgte Tiffany den Disput, Jaqueline hockte mit angezogenen Knien wie erstarrt neben ihr. Der Bullige ging einen Schritt auf Jaqueline zu und richtete die Pistole auf sie: »Los hoch!«

Tiffany sprang auf und schrie: »Nich, det könnta doch nich machen. Ick hab det jesehn in ›Bound‹. Wenn die ne Blutvajiftung kriegt.«

»Halts Maul!«, brüllte der Bullige. Er holte aus und schlug ihr mit der flachen Hand ins Gesicht. Sie stürzte zur Seite. Tränen stiegen ihr in die Augen und purzelten über ihre Wangen. Leise schluchzte sie vor sich hin.

Der Bullige dirigierte Jaqueline mit der Pistole zu den Waschbecken, dann fuhr er seinen Kumpel an: »Los, du Warmduscher. Det muss sein. Haste doch inner Zeitung jelesen, die Bullen vaschaukeln uns. Also mach schon.« Der Kleine nickte matt und löste den Riegel. Mit einem lauten Klack sprang die Schere auf.

*

14

Es schellte Sturm. Oma Krawutke sah auf die Uhr: kurz nach halb acht. Sie stellte die Tasse mit dem Kaffee, den sie sich gerade eingegossen hatte, ab und schlurfte müde zur Tür. Die vergangene Nacht hatte sie nicht einschlafen können. Sobald sie die Augen schloss, sah sie ihre Urenkelin gefesselt, verprügelt, tot.

Kaum hatte Oma Krawutke die Wohnungstür geöffnet, stürzte Johanna, mit einer Zeitung wedelnd, an ihr vorbei in die Küche.

»Oma, die tun überhaupt nüscht, die Bullen.« Johannas Stimme überschlug sich fast. »Kiek ma, wat hier steht.« Sie knallte die *BZ* auf den Küchentisch. »Jaqueline Glemmer hat sich in ihre Finca auf Mallorca zurückjezogen. Sie ist erschöpft von den Dreharbeiten der letzten Monate und braucht eine kreative Pause, sagt ihr Vater und Manager Axel Glemmer.« Schnaufend plumpste Johanna auf die Eckbank. »Oma, ick hab jedacht, die jeben ne Suchmeldung raus, so von wegen Zeugen und Mithilfe vonne Bevölkerung. Aber die tun jar nüscht.« Beim letzten Satz hatte sie angefangen zu weinen.

Oma Krawutke schob Johanna die Kaffeetasse hin und strich ihr über die verwuschelten Locken. »Is jut. Ick ruf ma bei den Kommissar an und frag, wat jetz is. Wollt ick sowieso machen.« Sie ging in den Flur zum Telefon. Nicht mal zwei Minuten später kam sie zurück: »Der is nich da, der kommt ers mittags, sagt die Sekretärin.«

»Oma, det is jelogen. Die Bullen verscheißern einen doch immer, Oma. Die sagen doch nie die Wahrheit.« Johanna wurde wieder lauter.

»Ick weeß, ick weeß, Kleene. Aber wat solln we machen?«

»Wir jehn da jetz hin un bleiben solange da sitzen, bis die uns wat sagen.« Johanna knallte ihre Kaffeetasse auf den Tisch und stand auf.

*

»Tut mir leid, dass Sie so lange warten mussten. Warum haben Sie nicht vorher angerufen. Meine Sekretärin hätte Ihnen sagen können, dass ich bis mittags außer Haus bin.« Kriminalhauptkommissar Brinkheim stützte die Ellbogen auf der Schreibtischplatte auf, sah Oma Krawutke in die Augen und versuchte so etwas wie ein Lächeln.

Oma Krawutke brummte etwas Unverständliches, und Johanna, die rechts von ihr saß, lief rot an.

»Ich kann Ihnen nicht viel mehr sagen als beim letzten Mal. Die …« Brinkheim wurde kreideweiß, mit einem Stich ins Grünliche, sprang auf und rannte, die Hand auf den Mund gepresst, zur Tür hinaus.

»Mann, ick will nich wissen, wat dem jetz hochjekommen is.« Johanna grinste.

»Hauptsache, det dauert ne Weile.« Oma Krawutke stupste Johanna an. »Los, jeh ma Schmiere stehen anne Türe.« Dann beugte sie sich vor und zog mit spitzen

Fingern die Aktenmappe, die der Kriminalhauptkommissar zu Beginn des Gesprächs vor sich auf dem Schreibtisch platziert hatte, zu sich heran.

»Oma, biste varückt?«

»Quatsch nich, jeh lieber kieken, ob wer kommt.«

Johanna bewegte sich nicht von ihrem Platz. »Zeig ma, wat isn dette?« Sie schob zwei eng beschriebene Bögen Computerpapier zur Seite und angelte nach den darunterliegenden Fotos. Sie wurde blass. »Oma, det is furchtbar, kiek ma.« Sie hielt Oma Krawutke eins der Bilder hin. Oma Krawutke beugte sich vor.

»Wat is denn da dran furchtbar? Det sind doch bloß Haare.«

»Oma, det sind nich bloß Haare.« Johannas Stimme wurde schrill.

»Psst.« Oma Krawutke legte den Zeigefinger an die Lippen.

Johanna sah kurz zur Tür, dann kreischte sie weiter: »Det is der Zopf von Jaqueline Glemmer. Det sieht man doch janz deutlich an die kleenen Rasta-Strähnchen und die rosa Perlen.«

»Mach nich son Theater. Lies ma lieber, wat hier steht.« Oma Krawutke gab Johanna die beiden Computerausdrucke.

»Det die sich immer so kompliziert ausdrücken müssen uffm Amt. Also anscheinend ham die Entführer den Zopf heute Morgen bei Jaqueline ihren Vatta innen Briefkasten jesteckt. Mit ne Lösejeldforderung.«

»Ick gloobe, wir solltn mit den Herrn ma reden. Kiek ma nache Adresse, Jo.«

Johanna überflog noch einmal die Papiere. »Hier is wat. Kaulsdorf, inne Jägerstraße. Am Arsch der Welt.«

»Still! Da kommt eener«, zischte Oma Krawutke, »un merk dir die Adresse.«

Schnell stopfte Johanna Papiere und Foto in die Akte und schob sie zurück an ihren Platz.

»Entschuldigung«, krächzte es heiser von der Tür. »Ich fürchte, ich habe mir den Magen verdorben. Ich rufe Sie an, sobald ich neue Informationen habe.« Kriminalhauptkommissar Brinkmann stützte sich am Türrahmen ab. Er war immer noch sehr blass und sein Gesicht schimmerte feucht.

»Na denn jute Besserung.« Oma Krawutke stand auf, warf Brinkheim noch ein unschuldiges Lächeln zu und verließ mit Johanna im Schlepptau das Büro.

*

Jaqueline hockte auf der Matratze und heulte Rotz und Wasser. Tiffany saß neben ihr und hielt sie im Arm. »Det is so furchtbar. Un det dauert, bis det nachwächst. Aber du siehs immer noch supa aus. Echt.« Sie strich Jaqueline über die gestutzten Zotteln.

»Es geht gar nicht so sehr ums Aussehen«, schluchzte Jaqueline, »aber der Zopf war doch mein Markenzeichen. Wenn die mich nun aus der Serie rauswerfen, weil der Zopf weg ist?« Das Schluchzen schwoll an und ging in einen heftigen Weinkrampf über.

In Jaquelines Schniefen mischte sich das Geräusch herannahender Schritte. Die Tür öffnete sich. Der Kleine stand im Türrahmen, richtete die Pistole auf die Frauen und murmelte. »Det tut mir leid mit die Haare, die warn echt toll. Aber jing nich anders. Nen Finger wollt ick nich nehmen. Habt ihr Hunger? Ick könnte Döner holen.«

»Jute Idee. Wat meinste denn, wat we hier so essen? Den Kalk vonne Wände oder wat?« Tiffany klang barscher, als sie es beabsichtigt hatte. »Un wenn de schon unterwegs bis, kiek doch ma, ob de meen kleenen Rucksack irjendwo findes. Da is ne Bürste drin un n paar Spangen. Denn könnt ick wieder n Mensch aus Jaqueline machen.«

Der Kleine starrte auf seine Füße. »Der Rucksack is oben. Ick bringn dir runter.« Er drehte sich um und schloss die Tür hinter sich. Wenige Minuten später kam er mit Tiffanys Webfellrucksack, der wie ein kleines Schaf aussah, zurück. Er warf ihn in Richtung Matratze. Tiffany fing ihn auf, bevor er auf den Betonboden knallte. »Haste Angst vor mir oder wat sollte dette?«

»Besser keen Risiko einjehn, sacht Brutus immer. Ick jeh denn ma wat zu essen holen.«

Während der Kleine die Tür hinter sich abschloss, kippte Tiffany den Inhalt ihres Rucksacks auf die Matratze. Sie sortierte ein Dutzend unterschiedlicher bunter Spangen und Haargummis aus und nahm die Bürste. Sie bat Jaqueline, ihr den Rücken zuzudrehen, dann griff sie flink eine Strähne von Jaquelines blondem Haar, bürstete sie durch und steckte sie mit einem Spängchen fest. »Eijentlich wollt ick ja ma Frisöse werdn, aber denn is die Kleene jekommen un det wars ers mal jewesen, wa?«

»Du hast ein Kind? Du bist doch nicht älter als ich?« Jaqueline drehte den Kopf und glotzte Tiffany an.

»Halt doch ma still. Ick kann dir nich frisiern, wenn de so zappels.« Tiffany schob Jaquelines Kopf wieder in Position.

»Und was ist mit dem Vater?«, fragte Jaqueline mit starrem Blick auf die schmuddelige Matratze. »Au, ziep doch nicht so.«

»Ach, Kevin, det is son Idiot. Ick hab mir jetrennt, un wat macht det Weichei, rennt zu Mutti. Jetz wohnta wieda bei Mutti un hilft inne Kneipe. Der is nämlich Koch. Un der macht die jeilsten süßsauren Eier, die et jibt.«

Jaqueline verzog das Gesicht.

»Die sin echt voll lecker. Un wat total witzig is, det wa uns wejen die Dinger kennjelernt haM. Ick war mit meene Oma, is eigentlich meene Uroma, aber ick sag immer Oma, son ollet Schloss gucken. Un denn ham we Hunger jehabt un da war die Kneipe von Kevin seine Mutter, det hab ick aber da noch nich jewusst, jedenfalls sin we da rinn. Un ick bestell süßsaure Eier. Aber die serviern mir bloß hartjekochte Eier in sone komische Pampe. Det is aber nich det richtije Rezept. Halt doch ma still, sonst wird det nüscht.«

Jaqueline stöhnte leise. Tiffany zwirbelte unbeeindruckt eine Strähne nach der anderen und steckte sie fest. »Die Eier musste in die Essig-Zucker-Soße kochen, weeßte, wie valorne Eier. Un ick sag der Bedienung n paar Takte. Da holt die den Koch ausse Küche. Un der war so voll süß, so mit so blonde Haare un so tolle blaue Augen, un grinst so frech un fragt, wat ick denn will. Un ick sag dem det mit die valornen Eier. Un der grinst immer noch un denn jeht der inne Küche un macht mir richtije süßsaure Eier un die warn voll lecker. Un seitdem sin we zusammen. Also bis vor drei Monate. Aber det is allet Kevin seine Schuld. Un det weeß der ooch. Wo we noch zusammen jewesen sin, hat der sich jar nich um die Kleene jekümmert un nur rumjehangen. Un jetz, wo ickn rausjeschmissen hab, issa der liebste Papa vonne Welt un voll eifersüchtig. Ruft dauernd Jo an, det ist meene beste Freundin, un fragt, ob ick schon n Neuen hab. Det nervt echt voll. Un Jo sagt immer, ick soll mir det doch noch ma übalejen, wegen meine Püppi. Aber ick mach det nich. Det …«

»Sei mal ruhig«, fuhr Jaqueline ihr über den Mund.

»Wat is?«

»Pssst.«

Tiffany lauschte. Im Raum war es still, nur in der Ferne toste der Verkehr. In den Verkehrslärm mischte sich ein dissonantes Glockenläuten.

»Ich fass es nicht. Wir sind in Biesdorf.«

»Wie kommste n da druff?«

»Die Kirchenglocken. Das sind original die Kirchenglocken von der Gnadenkirche in Biesdorf.«

»Det kannste unterscheiden? Ick würd sowat nich hörn.«

»Ich bin hier aufgewachsen. Und außerdem bin ich Sängerin. Ich kann selbstverständlich Kirchenglocken auseinanderhalten.«

»Wie, du bis hier uffjewachsn? Sag ma, denn kennste Kevin ja vielleicht? Det is die ›Biesdorfer Baude‹, die Kevin seine Mutter jehört. Det wär ja voll abjefahrn.« Tiffany kicherte. »So, jetz biste fertig. Kiek ma.« Sie kramte aus ihrem Tascheninhalt einen kleinen Handspiegel hervor und hielt ihn Jaqueline vor die Nase. »Mann, voll cool. Jetz siehste aus wie ›Buffy im Bann der Dämonen‹ in die Folge …«

»Halt doch endlich die Klappe.« Jaqueline starrte auf ihr Konterfei und schluchzte auf. »Das sieht total scheiße aus. Ich werde nie wieder eine Rolle kriegen. Scheiße, scheiße, scheiße!« Sie schleuderte den Spiegel gegen die Wand, wo er mit düsterem Klirren zerbarst.

»Ey, du bis wohl nich mehr janz dicht oder wat? Ick mach mir hier sone Mühe un du brülls rum. Wenn ick hier nich bald rauskomm, begeh ick n Mord.«

»Mach doch. So, kann ich mich eh nirgends sehen lassen«, heulte Jaqueline und warf sich auf die Matratze.

»Is ja jut. Jetz reg dir nich so uff.« Tiffany hockte sich neben die von Weinkrämpfen geschüttelte Jaqueline und berührte sie zaghaft an der Schulter. »Lass ma übalegn, wie we hier rauskommn, bevor we völlig durchdrehen. Wenn we in Biesdorf sin, könntn we Kevin vielleicht ne Botschaft schickn. Bloß wie?« Tiffany schob den Zeigefinger zwischen die Zähne und nagte kleine Hautfetzchen neben dem Fingernagel ab. »Vielleicht könn we den Kleenen bequatschen. Sag doch ma wat.« Sie stupste Jaqueline an. Ein Murmeln antwortete ihr. »Wat. Kannste ma lauter quatschn.«

Jaqueline drehte sich auf die Seite und sah Tiffany an. Ihre Augen waren vom Weinen rot und zugeschwollen. »Ich hab da vielleicht eine Idee«, sagte sie leise.

*

Johanna starrte entgeistert auf das weit zurückgesetzte, kleine Einfamilienhaus, in dessen Vorgarten sich Schneewittchen, Bambi und mindestens zwanzig Zwerge tummelten. »Ick hab jedacht, der wohnt inne Villa.«

»Hier jibts keene Villen. Det is Kaulsdorf.« Oma Krawutke reckte sich, um einen besseren Blick auf den Garten zu erhaschen. »Ick klingel ma. Hoffentlich issa zu Hause.«

»Warte ma, Oma, da kommt eener.«

Ein bereits angegrauter Mittvierziger schlenderte in Shorts, mit nacktem, durchtrainiertem Oberkörper, eine Zeitung unter dem Arm und ein Weinglas in der Hand, telefonierend auf eine Liege zu.

»Traurig sieht der aber nich aus«, stellte Johanna fest.

»Isn det der Richtije?«

»Det issa, hab ick inne Gala jesehn vonne Bambi-Valeihung.«

Johanna und Oma Krawutke beobachteten fassungslos Jaquelines Vater, der es sich inzwischen auf der Liege bequem gemacht hatte, leise in das Telefon sprach und hin und wieder hell lachte.

Eine elektronische Version des Hochzeitsmarsches übertönte plötzlich Axel Glemmers albernes Kichern.

Johanna zog ihr Handy aus der Hosentasche. »Hey, Kevin – det is Kevin, Oma – wat? Nee, Tiffy hat keen Neun, wie kommste denn da druff. Die hat ja wohl andre Sorjen im Moment. Wat? Warte ma – Oma, Kevin sagt, da hat wer Tiffys Eier bestellt, du weeßt schon, die süßsauren, un Kevin meint det – hey, Oma, lass det.« Aber Oma Krawutke hatte Johanna schon das Handy aus der Hand gerissen.

»Pass uff, lass den Kerl nich ausse Augen. Wat? – Wat intressiert mich deene Mutta. Tiffy is in Jefahr. Sag ick doch. Schreib die Autonummer uff. Frag nich so vülle, jetz is Eile jeboten. Ick erklär dir det später. Un halt den Kerl fest, wir kommen!« Oma drückte Johanna das Handy in die Hand. »Los, bestell ne Taxe, Jo.«

*

Die Biesdorfer Baude lag gegenüber dem S-Bahnhof Biesdorf. Ein kleiner Bungalow mit Spitzdach und schmaler, überdachter Terrasse, die durch einen Jägerzaun von der Straße abgetrennt war. Das Innere erstrahlte in rustikaler, auf Eiche getrimmter Kiefer. Die quadratischen Tische waren mit blauweiß gewürfelten Tischdecken eingedeckt und in der Mitte jedes Tischs thronten in einem Serviettenhalter ein halbes Dutzend Köstritzer-Bierdeckel und ein schmales, abgegriffenes Heftchen mit dem Speisen- und Getränkeangebot.

Johanna hockte auf ihrem Stuhl, die Ellbogen auf die Tischdecke gestützt und mampfte den Kartoffelsalat, den Kevin aus der Küche gebracht hatte.

Nachdem Kevin mit einem kurzen, aber um so heftigeren Tobsuchtsanfall Oma Krawutke und Johanna gezeigt hatte, was er davon hielt, »geschont« zu werden, wo doch seine Tiffy in Lebensgefahr schwebte, hatte er die Scherben des zu Bruch gegangenen Suppentellers aufgefegt und war in der Küche verschwunden, um mit Kartoffelsalat und Würstchen seine Versöhnungsbereitschaft zu signalisieren.

Nun hockten alle drei am Personaltisch neben der Küchentür und Kevin schilderte minutiös die Szene, die sich vor einer knappen halben Stunde in der »Biesdorfer Baude« abgespielt hatte.

»Der is inne Baude jekommen un hat süßsaure Eier bestellt, aber mit valorne Eier, nich mit hartjekochte, zum Mitnehmen. Ick hab sofort jewusst, dass det von Tiffy kommt, det hat sonst noch nie eener bestellt. Und ick hab jedacht, die will mir quäln. Dabei wollt mir meene Zuckerschnute n Zeichen jeben. Det warn Hilferuf, ick soll se retten.« Kevins Blick verlor sich in den weißen Milchschlieren auf dem kalten Kaffee in seiner Tasse.

»Klar, wollte die dir n Zeichen jeben, meene Püppi is eben janz wat Schlauet.« Oma Krawutke strahlte.

»Jetz müssen we nur noch rausfindn, wo se versteckt sin«, nuschelte Johanna, den Mund voll Kartoffelsalat. »Det de aber ooch nich hinterherjefahrn bis, Blödmann.«

»Meine Mutta hätt mir umjebracht, wenn ick mitten im Mittagsjeschäft abjehaun wär.«

»Aber wo Tiffy doch in Lebensjefahr is.«

»Aber det ha ick doch nich jewusst, Mann.«

»Nu heul mal nich. Immerhin haste den Kerl jesehn un die Autonummer uffjeschriebn«, sagte Johanna, bevor sie ein frisch auf die Gabel gespießtes Wurststück in den Mund schob.

»Ick heule nich«, maulte Kevin.

»Hört uff zu streiten, Kinder. Tiffy ist jetz det Wichtigste.«

»Wir jebn dem Kommissar die Autonummer. Der kiekt, wem det Auto jehört un denn verhaften se den un befreien Tiffy un Jaqueline«, mümmelte Johanna.

»Nee, uff keen Fall.« Kevin schlug so fest auf den Tisch, dass die Teller hochhüpften. »Det kennt man doch ausm Fernsehen. Denn stürmen die mit ne Sondereinheit det Haus un erschießn aus Vasehn statt die Entführer die Geiseln un hinterher sagn se, det warn bedauerlicher Unfall. Ick will nich, det meene Kleene als bedauerlicher Unfall in Plastiksack wegjeschleppt wird.«

»Johanna, jabs da nich mal son pickligen Kerl vom Zulassungsamt?«, mischte sich Oma Krawutke ein.

»Pft«, machte Johanna mit vollen Backen.

»Nu hör doch ma uff zu futtern. Det kannste später immer noch. Ruf den an, der jibt dir vielleicht die Adresse«, beharrte Oma Krawutke.

Johanna hatte endlich die Kartoffelsalatmassen besiegt. »Aber Oma, det is doch schon ewig her – un außerdem war der so wat von blöde.«

»Det is scheißejal. Ruf da sofort an.« Kevin hielt Johanna sein Handy unter die Nase.

»Gloobste, ick kenn dem seine Nummer auswendig?« Johanna schob Kevins Hand weg und grub nach ihrem eigenen Telefon. Sie drückte die Kurzwahltaste und flötete Sekunden später zuckersüß: »Hallo Martin, hier is Jo.«

*

»Ick hab vielleicht n Kohldampf. Wo ich doch den Döner nach dem Kleenen schmeißen musste, damit der mir gloobt, det ick ne hysterische Schwangere bin. Willste wirklich nüscht?« Tiffany hielt Jaqueline die weiße Plastikschale hin, in der noch ein verlorenes Ei in einer dicklichen gelben Soße zwischen Quetschkartoffelhäufchen schwamm.

»Nee. Ich esse keine tierischen Produkte, danke.« Jaqueline sah angewidert auf das Ei.

27

»Ick lass dir vonne Quetschkartoffeln über.« Tiffany spießte das Ei auf die Plastikgabel und schob es sich in den Mund. Sie schmatzte laut, als sie versuchte, das Ei zu zerkleinern und zu schlucken, ohne daran zu ersticken. Sie goss mit einem großen Schluck Cola light nach, dann rülpste sie. »Det war jut. Ick hätt ja nich jedacht, dass det klappt. Aber der Kleene is echt ne Flasche. Fährt extra los un holt die Eier. Ick hab schon jedacht, wo de dem jesacht has, dass er inne ›Baude‹ jehn soll, merkt der wat.«

»Nee, der hatte so eine Angst vor dir, als du getobt hast. Er hat wirklich geglaubt, dass du schwanger bist und dem Kind was passiert, wenn du nicht sofort süßsaure Eier bekommst.«

»Aber wenn de mit mir nich jeübt hättst, wär det nüscht jeworden. Jut, det Brutus nich inne Nähe war. Mann, bin ick satt.« Tiffany ließ sich auf die Matratze fallen, schloss die Augen und stöhnte. Jaquelines Magen knurrte laut. »Nu nimm schon, die Eier sin ja raus«, sagte Tiffany und schielte unter halb geöffneten Lidern zu Jaqueline. Die griff nach der Plastikschale und schaufelte die Quetschkartoffeln in ihren Mund. Tiffany setzte sich auf. »Ick hör Trampeln uffe Treppe.«

»Was?« Jaqueline schaufelte weiter.

»Schritte«, übersetzte Tiffany, als die Tür aufgestoßen wurde und mit lautem Krachen gegen die Betonwand schlug.

»Det darf doch nich wahr sein«, donnerte Brutus, »da bin ick ebent ma fürn paar Stunden weg un schon tanzen die Miezen dir uffe Neese rum.«

Der Kleine schien noch kleiner als sonst, als er hinter Brutus in den Raum schlich. Brutus stürmte auf Jaqueline zu und schlug ihr die Plastikschale aus der Hand. Soße und Quetschkartoffeln spritzten über Jaquelines T-Shirt und die Matratze bis hin zu Tiffanys Jeans. Mit offenem Mund starrte Tiffany Brutus an.

»Glotz nich so blöd.« Brutus trat Tiffany in den Magen.

Sie stöhnte laut auf, krümmte sich zusammen und erbrach die verlorenen Eier.

»Nich Brutus«, piepste der Kleine, »die is doch schwanger.«

Tiffany wimmerte, Jaqueline hockte wie paralysiert an der Wand.

»Schwanger, so ne Scheiße«, brüllte Brutus. »Ick muss jetzt zu't Jobcenter un wenn ick wiederkomme, mach ick kurzen Prozess mit die Schlampe. Wenn die ers hin is, wird die Polizei schon kapiern, dass et uns ernst is.«

*

»Un hier soll det sein?« Kevin sah sich zweifelnd um. Der Stawesdamm war ein schmaler, ungeteerter Weg an der Rückseite eines heruntergekommenen Gewerbehofes. Schmutziggelbe, graffitiverschmierte Backsteinmauern, hohe Fabrikfenster und verwahrloste Obstbäume säumten die eine Seite. Auf der anderen lagen verwilderte Grundstücke, so dicht überwuchert, dass man die Ruinen der alten Gebäude nur mit Mühe zwischen dem Grün ausmachen konnte.

Oma Krawutke stützte sich auf ein rostiges Gartentor. Johanna sah ihr über die Schulter. »Da wohnt noch eener. Da steht n Auto. Kevin kiek ma, ist det der?« Sie zeigte auf einen schwarzen Wagen, dessen Heck hinter einem kleinen, quadratischen Bungalow hervorlugte. Ein maroder Maschendrahtzaun lehnte sich müde gegen eine Linde und gab den Blick auf einen Trampelpfad frei, der zu dem Häuschen hin und offenbar einmal darum herum führte.

»Det jibt's nich. Der wohnt hier tatsächlich.« Kevin pfiff leise durch die Zähne. »Mann, wie im Film. Einsamet Haus, allet zujewachsen, drumrum bloß Ruinen.«

»Los, wir müssen det Jelände sondiern«, befahl Oma Krawutke.

»Lass mich ma.« Kevin streckte seine Hand nach der Klinke am Gartentor aus, zog sie aber sofort zurück, als Oma Krawutke danach schlug.

»Pfoten weg. Ick hab det Kommando. Ick jeh ma ne Runde um't Haus. Ihr wartet hier, bis ick wieder da bin.« Zwei Münder öffneten sich zum Protest. »Keene Diskussjon. Euch ham se schon jesehn, mich kenn se noch nich. Un wer tut schon ner vahuschtn Alten wat an.« Bewaffnet mit Kunstledertasche und Gehstock stieß sie das Tor auf und marschierte los. Sie schlich vornüber-

geneigt, als habe sie Rückenschmerzen, den Trampelpfad entlang. Kurz vor dem Windfang am Eingang blieb
sie stehen, sah sich um, dann schlurfte sie weiter und
verschwand hinter dem Haus. Bald darauf tauchte sie
wieder auf und huschte den Pfad zurück zu Kevin und
Johanna.

»Aaalso.« Pause. Gespannte Blicke. Oma Krawutke
holte Luft. »Da drin sitzt eener un kiekt fern. Sonst war
nüscht«

»Tiffy haste nich jesehn? Wat ham se mit meene
Schnecke bloß jemacht?« Kevin trat heftig gegen den
Stamm eines Haselbuschs.

»Hoffentlich ham se die beeden nich im Jarten va-
buddelt in son Sarg mitn Luftschlauch.« Johanna suchte
mit den Augen hektisch das Gelände ab.

»Hör uff mit die Spinnereien. Wir müssen irjendwie
da rinnkomm.« Oma Krawutke gab Johanna einen Stoß
Richtung Gartentor.

Das Fundament des Hauses war dicht bewachsen.
Sie schob an mehreren Stellen mit ihrem Gehstock das
Brennnesselgestrüpp beiseite und legte schließlich ein
altes Kellerfenster frei. Das Holz des Rahmens war
rissig und schimmerte grauweißlich. Der Anstrich musste schon vor Jahrzehnten abgeblättert sein; bis auf ein
paar Fetzen Lack von unbestimmbarer Farbe war der
Rahmen nackt.

»Lass ma kieken.« Kevin trampelte mit seinen Turn-
schuhen die Brennnesseln platt und kniete sich vor das
kleine Sprossenfenster. Eine der Scheiben war einge-

schlagen, die übrigen drei von Staub, Spinnweben und Alter blind. Beherzt griff Kevin mit der Hand durch die zerbrochene Scheibe. Er rüttelte heftig an dem Fenstergriff und mit einem lauten Knirschen löste sich die Verriegelung. Ein Heer kleinerer und größerer Spinnen huschte erschreckt ins Dunkel.

»Igitt.« Johanna schüttelte sich.

»Stell dir nich so an, Kleene. Sei froh, dass det keene Ratten sin«, raunte Oma Krawutke ihr zu.

»Ebent. Denn ma los, Jo.«

»Wie? Icke? Nee, nich mit det Jekrabbel. Du wills doch hier een uff Supermään machn.« Johanna verschränkte die Arme vor der Brust und sah Kevin finster an.

»Jetz is aber jut mit die Zankerei. Da drinne sitzt meene kleene Tiffy, un ihr habt nüscht wie Blödsinn im Kopp.« Oma Krawutke schnappte nach Luft. »Jo, du schlängels dir jetz durch die Luke. Kevin un icke sichern det Jelände.« Entschlossen drehte sie sich um und marschierte zum vorderen Teil des Hauses. Kevin grinste Johanna hämisch an und schlich sich hinter das Haus in die Nähe der offenen Terrassentür.

Johanna kniete sich vor das Fenster und sah hindurch. Der Kellerraum war in ein dämmriges Licht getaucht. An den Wänden lehnten Regale, die bei jeder Erschütterung zusammenzubrechen drohten. Spinnweben verklärten alte Farbdosen und Gerümpel wie mit Weichzeichner. Unterhalb des Fensters stand ein mit Lumpen beladener Campingtisch. Daneben stapelten sich ein halbes Dutzend Bierkästen. »Et is für Tiffy«, murmelte Johanna vor sich hin, setzte sich und schob die Beine durch das Fenster. Auf die Ellbogen gestützt arbeitete sie sich Zentimeter für Zentimeter vor und verfluchte sich leise, dass sie kein langärmeliges T-Shirt, sondern ihr bauchfreies Lieblingsträgertop angezogen hatte. Langsam rutschte sie tiefer. Der Fensterrahmen schrappte über den Reißverschluss ihrer Jeans und drückte in ihren Bauch. »Au, Mist, det is zu eng.« Sie stemmte ihren Oberkörper hoch und versuchte, sich zurückzuhieven, aber mit einem lauten Knarzen brach der Fensterrahmen, bog sich nach außen und verhakte sich in ihrer Gürtelschnalle. »Scheiße. Kevin«, rief sie leise. Nichts rührte sich. »Kevin.« Ihre Stimme wurde lauter. »Oma.« Aber außer dem Rascheln trockenen Laubs im Wind und dem Donnern des Verkehrs auf der nahen Bundesstraße hörte sie nichts. Sie beugte sich vor, fasste nach dem Gürtel und versuchte ihn zu öffnen, aber der Riemen bewegte sich keinen Millimeter, als sie daran zog. Sie schlug mit der Faust gegen den Fensterrahmen. Ein lautes Krachen, der Rahmen gab ein Stück nach und Johanna rutschte zwanzig Zentimeter tiefer. Sie kreischte auf, biss sich aber schnell auf die Lippen. Kevin spurtete um die Ecke: »Wat is?«

»Ick stecke fest«, wimmerte Johanna leise.

»Son Scheiß.« Kevin unterdrückte ein Lachen, fasste Johannas Arme und zog.

»Au, pass doch uff, da hat sich wat in mein Bauch jerammt, n Splitter oder so.«

»Ick vasuchs langsam.« Kevin hockte sich hinter Johannas Kopf, griff unter ihren Achseln durch, verschränkte die Hände vor ihrer Brust und lehnte sich zurück. Er schwitzte und keuchte, aber Johannas Körper bewegte sich nicht. »Mann, mach doch ma Diät.«

»Ick denk nich dran, det jibt nurn Jojo-Effekt.«

«Jo mit nem Jojo-Effekt.« Kevin gluckste, presste die Lippen aufeinander, sein Körper vibrierte bei dem Versuch, das Lachen zu unterdrücken, schließlich prustete er los. Wie ein Echo antwortete aus dem Keller ein dumpfes Schnaufen.

»Kevin«, schrie Johanna, »da is wer im Keller. Hilf mir raus.«

»Vadammt.« Kevin zerrte vergeblich an Johannas Armen. »Det is zwecklos.« Er sprang auf und rannte zur Terrasse.

»Oh Mann, oh Mann. Brutus macht mich fertig. Wat mach ick bloß?«, kam es gedämpft von unten.

Zwei Hände umklammerten Johannas Fußgelenke und zogen. »Lass mich los«, brüllte Johanna und begann wild zu zappeln. Der Holzrahmen ächzte und knarrte. Johanna strampelte mit den Beinen und presste ihre Hände gegen die Mauer. Splitter bohrten sich in ihre nackte Haut. Das Mauerwerk knirschte und Mörtel bröselte auf ihren Bauch. Sie trat um sich und hörte von drinnen einen Schmerzensschrei. Plötzlich löste sich ein Backstein aus dem Fenstersturz und mit lautem Getöse donnerte Johanna mitsamt Fensterrahmen und einem Teil der Mauer in die Tiefe.

Als Kevin und Oma Krawutke in den Kellerraum stürmten, hockte Johanna rittlings auf dem Kleinen und hatte ihm die Arme auf den Rücken gebogen. Der Kleine wimmerte schwach, rührte sich aber nicht.

»Saubere Landung.« Kevin grinste.

Oma Krawutke kramte in einem der Regale und förderte eine Rolle silberfarbenes Gaffa-Tape zutage. Sie drückte sie Kevin in die Hand: »Los fesseln. Un denn rufste n Krankenwagen un die Polizei.«

Johanna sah sie erschrocken an: »Meinste, ick hab den so schlimm erwischt, det der ins Krankenhaus muss?«

»Quatsch, der kommt schon wieder uffe Beene, aber wer weeß, wie't Tiffy jeht. Außerdem müssen we dir jejen Tetanus impfen, det sieht nich jut aus.« Sie zeigte auf Johannas ramponierten Bauch. »Un jetz komm, Tiffy suchen.« Sie sauste in den Kellerflur und rief laut nach ihrer Enkelin. Vom anderen Ende des Gangs ertönte eine leise Antwort.

Entgeistert starrte Tiffany auf die Gestalt im Türrahmen. Johannas Jeans war voller Staub und Spinnweben, ihr Bauch und der Saum des T-Shirts blutverschmiert. Langsam erhob sich Tiffany.

»Tiffy!« Johanna fegte auf sie zu und schlang schluchzend die Arme um ihre Freundin.

Oma Krawutke schubste Johanna sanft beiseite. »Püppi.« Sie strich Tiffany über das Haar, ihre Unterlippe zitterte.

Tiffany schniefte. Jaqueline hockte auf der Matratze und rührte sich nicht, bis Johanna sich neben sie kniete. »Wir sin da un retten euch. Jetz wird allet jut.« Jaqueline sackte nach vorne gegen Johannas Schulter, Tränen liefen ihr über die Wangen. Johanna streichelte ihr sanft über den Rücken. Schließlich ließ Jaqueline sich von Johanna und Tiffany hochziehen, und die vier Frauen verließen den düsteren Keller.

Kevin stand breitbeinig über dem zu einem Paket verschnürten Kleinen, als Tiffany den Raum betrat, in der Hand schwenkte er einen alten Spaten.

»Kevin.«

Kevin drehte sich um und strahlte Tiffany an. Er ließ den Spaten fallen und breitete die Arme aus. Tiffany schob ihn beiseite. »Ick find det wirklich klasse, dass de mir befreit has, aber damit fang we jar nich ers wieder an.«

Oma Krawutke hatte den Arm um die weinende Jaqueline gelegt und führte sie die Kellertreppe hinauf an die frische Luft. Johanna und Tiffany folgten ihr. Johanna brabbelte unentwegt auf ihre Freundin ein. Kevin trottete, nachdem er die Kellertür hinter dem Kleinen verrammelt hat, bedröppelt hinterher.

»Bleibt stehn oder ihr seid tot«, brüllte es plötzlich vom Gartentor.

»Det is Brutus«, zischte Tiffany.

»Halt's Maul, Schlampe.« Brutus zielte mit der Pistole auf Tiffanys Kopf.

»Junger Mann …«

»Schnauze«, schrie Brutus und schwenkte mit dem Lauf der Waffe zu Oma Krawutke.

Reifen knirschten auf dem Schotter des Stawesdamms.

»Los, ins Haus«, donnerte Brutus. Langsam setzte sich die Gruppe in Bewegung. »Schneller!« Brutus fuchtelte mit der Waffe in der Luft herum. Hinter ihm kam in einer Staubwolke ein Wagen zum Stehen. Autotüren wurden aufgestoßen. »Lassen Sie die Waffe fallen.« Brutus wirbelte herum und feuerte. Der Polizist warf sich zur Seite. Ein weiterer Schuss krachte. Brutus schrie auf, fasste sich an die rechte Schulter, schwankte und stürzte zu Boden. Eine Polizistin rannte auf ihn zu, stieß mit dem Fuß die Pistole zu ihrem Kollegen, drehte Brutus auf den Rücken und legte ihm Handschellen an.

*

Johanna lag auf einer Bahre und maulte: »Det is echt nich schlimm, sind doch bloß n paar Kratzer, nüscht weiter. Deswegen muss ick doch nich ins Krankenhaus.«

Tiffany stand neben Johanna und hielt ihre Hand. »Lass ma, ick komm mit. Die wolln mir ooch untersuchn.«

»Det muss sein, Püppi.« Oma Krawutke betrachtete Tiffany mit ernstem Blick. »du siehs aus wie n Teller bunte Knete im Jesicht.«

Jaqueline saß im Gras, ein Sanitäter hockte neben ihr und sprach leise auf sie ein.

Zwei Polizisten hatten den Kleinen notdürftig von den Klebestreifen befreit und mit Handschellen gefesselt. Nun führten sie ihn den Trampelpfad entlang zum Polizeiwagen. Ein silbergrauer Mercedes rumpelte über den Stawesdamm, hielt mit quietschenden Bremsen mitten auf dem Weg und versperrte die Einfahrt. Ein sportlicher Mittvierziger in einem hellen Sommeranzug stieg aus und rannte auf Jaqueline zu.

»Papa«, sagte Jaqueline.

»Wat machs du denn hier, Atze? Hau schnell ab, die Sache is schiefjeloofen«, sagte der Kleine.

*

Johanna hatte sich in einen orangefarbenen Cocktailsessel der Bar im Untergeschoss des *Quartier 205* gequetscht und schlürfte zufrieden einen Strawberry Smoothie, den Tiffany ihr spendiert hatte. Tiffany rekelte sich gegenüber auf einem schwarzen Zweisitzer. Ihre neue türkis glitzernde Handtasche hatte sie für alle gut sichtbar auf dem Sitz neben sich platziert. »Dass der alte Glemmer hinter die Entführung jesteckt hat, is echt n Hammer. Gloobste, dass der det wirklich nur jemacht hat, um se wieder inne Schlagzeilen zu bringen für ihre Karriere?« Johanna sah Tiffany an. »Also ick gloob det nich. Der wollte doch bloß die Kohle kassiern. Hat n Hals nich volljekriegt.«

Tiffany strich zärtlich über die kleinen Strasssteinchen auf ihrer Handtasche. »Ja, klar. Arme Jaqueline.

Det haste davon, wenn de reich bis. Jut, det ick bloß euch hab un nich noch so Unmengen an Knete. Obwohl wenn ick mir det so übaleje ...«

Kevins süßsaure verlorene Eier
Zutaten (für 2 Personen)
1 große Zwiebel
durchwachsener Speck
Öl
2-3 Esslöffel Mehl
30 g Butter
Wasser
Salz, Zucker, Essig
4 Eier

Zubereitung

Eine große Zwiebel wird in kleine Würfel geschnitten und mit einem neutralen Öl in einem Topf glasig gedünstet. Nach Belieben kann man auch Speckwürfel dazugeben.

Dann bereitet man aus den Zwiebeln, dem Speck, dem Mehl und der Butter eine Mehlschwitze und gießt mit Wasser auf. Es sollte so viel Flüssigkeit angegossen werden, dass die Eier in der Soße schwimmen. Mit Salz, reichlich Zucker und Essig (je nach Geschmack) wird diese Soße abgeschmeckt.

Nun gibt man vorsichtig in einer Kelle vier aufgeschlagene Eier (eins nach dem anderen) dazu. Die Flüssigkeit sollte nur noch leicht sieden, sonst verliert das Eiweiß zu sehr seine Form. Die Eier ziehen nun in der heißen, nicht mehr kochenden Soße 6-10 Minuten vor sich hin (je nach Geschmack von weich bis hart).

Man serviert die Eier mit Salzkartoffeln oder Quetschkartoffeln.

Tiffanys Herz

»Det wird furchtbar. Ick weeß et.« Tiffany starrte seit einer halben Stunde aus dem Zugfenster. Sie warf den sanft geschwungenen Hügel des Kantons Thurgau, an denen der Zug vorbeisauste, einen letzten finsteren Blick zu und streckte den braunen Kühen die Zunge heraus. Dann ließ sie sich in ihren Sitz zurücksinken und zog einen Flunsch.

Oma Krawutke sah kurz zu ihrer Urenkelin hinüber. »Nu hör uff zu maulen, Püppi. Een jeschenkten Gaul kiekt man nich in't Maul.« Dann vertiefte sie sich wieder in ihr Kreuzworträtsel.

Aber Tiffany haderte immer noch mit ihrem Schicksal. »Nächstet Mal machste aber det Preisrätsel inne Zeitschrift von Mallorca, nich ausse Schweiz, Oma.«

»Jaja«, brummte es hinter dem Rätselheft hervor.

»N Schützenfest.« Tiffany zog das Wort wie Kaugummi in die Länge. »Un denn ooch noch ne janze Woche.«

»Det is doch jut, da könn we mal so richtig uffn Putz haun. Als ick siebenunddreißig det erste Ma uff so wat war, ick sag dir …«

»Is ja jut, Oma. Aber wie klingt denn dette: Ick war im Urlaub in Frauenfeld beim Schützenfest. Die lachen sich doch tot uff Arbeit.« Tiffany seufzte. Gedankenverloren strich sie ihrer kleinen Tochter Sarah Michelle, die auf ihrem Schoß schlief, über das Haar und zupfte liebevoll an den Zöpfchen. »Du hastet jut, Mäusi. Du musst dir über so wat noch keene Jedanken machen.« Sarah Michelle, die von der Zupferei ihrer Mutter unsanft aus dem Schlaf gerissen worden war, antwortete mit lautem Gebrüll.

»Siehste, det haste jetz von deine Maulerei. Warte Püppi, Oma guckt mal, ob se nich ne Schokolade für dich hat.«

*

Schnaufend stellte Oma Krawutke ihren Koffer ab und legte ihre große, beige Kunstledertasche auf den kleinen Eichentisch. »Vorsicht Oma, nich dass die Kiste kaputtjeht. Denn muss ick se noch ersetzen.« Tiffany kramte die Zigarrenkiste, die sie in Zürich für ihren Chef abgeholt hatte, hervor und schob sie vorsichtig in das oberste Schrankfach. Sie schloss die Schranktür und ließ den Blick angewidert über die schweren Eichenbetten, die verblichene Tapete und den wackligen Schrank gleiten.

Oma Krawutke hatte inzwischen fertig ausgepackt. »Mach nich son Jesicht, Püppi. Jetz jehn we ne Runde um die Häuser un kieken, wo hier die Post abjeht.«

*

Die nächsten Tage waren weit schlimmer, als Tiffany es sich vorgestellt hatte. Oma Krawutke trieb sie von einem Albtraum zum nächsten: Füße plattstehen beim großen Festumzug, Kunsthandwerksstände begaffen auf dem Stadtfest. Und die Musikgruppe »Harmonica Express« zu deren Volksmusikgejaule ihre Oma den nächstbesten Schweizer unterhakte und zum Schunkeln zwang, gab Tiffany beinahe den Rest. Aber der schlimmste Moment kam, als Tiffany, Oma Krawutke und Sarah Michelle als Gewinnerinnen des Preisrätsels im großen Festzelt einen Kasten Schützengarten-Bier entgegennehmen mussten.

Dass »Grüzi mitanand« so was wie »Hallo« hieß, hatte Tiffany inzwischen begriffen, aber der Rest des Gefasels, das der Moderator zum Besten gab, klang für Tiffany nur nach irgendwas, was verdammt heiser war. Erst als Oma Krawutke ihr den Ellenbogen in die Seite stieß, wurde ihr klar, dass der Moderator sie etwas gefragt hatte.

»Äh, wat? Is echt voll krass hier. Ick freu mir sowat von wahnsinnig, dass ick hier bin. Det werd ick nie vajessen, echt nich.« Für einen kurzen Moment herrschte beinahe so etwas wie Stille im Festzelt, bis der Mode-

43

rator irgendetwas sagte, das vermutlich »Danke« heißen sollte, dann setzte ein zaghafter Applaus ein und Tiffany wünschte sich nichts sehnlicher, als sich in ihrem Hotelzimmer auf die durchgelegene Matratze zu werfen und das ganze Theater zu vergessen.

*

Sie stiegen gerade die schmale Treppe zum zweiten Stock hoch, als Tiffanys Handy unvermittelt den Schnappi-Sound durch die Flure plärrte.

»Een Zeichen ausse Zivilisation. Ick bin jerettet«, jubelte Tiffany, während sie hektisch in ihrer Tasche kramte.

»Ick jeh schon ma un bring die Kurze ins Bett.« Oma Krawutke nahm Sarah Michelles Hand und marschierte los. Sie hatte gerade die Schuhe ausgezogen und die Beine hochgelegt, als die Tür aufflog. »Oma, die schmeißen mir raus, die Schweine. Die ham mir einfach schamlos ausjenutzt. Aber nich mit mir. Die mach ick fertig, wenn ick …«

»Jetzt reg dir nich so uff. Wo fliegste raus?«

»Na, ausse Arbeit. Claudi hat den Chef jehört, wie der zu seine Olle jesagt hat, dass er mir kündigt, wenn die Förderung vont Jobcenter wegfällt. Dabei hab ick mir so bemüht.« Der Rest von Tiffanys Lamento ging in lauten Schluchzern unter.

»Ach Püppi, da jehste zu't Amt, die könn da bestimmt wat machn.«

»Wenn die mir nich wolln, denn will ick ooch nich mehr«, heulte Tiffany weiter.

Oma Krawutke seufzte. Schwerfällig erhob sie sich vom Bett und holte ihrer Urenkelin eins der gewonnenen Biere. »Un ick latsch ooch noch zu den Heini da in Zürich un hol dem Chef seine ollen Lungentorpedos.« Die Schluchzer waren inzwischen weniger, Tiffanys Stimme dafür wieder lauter geworden.

Oma Krawutke wunderte sich, dass Sarah Michelle die ganze Aufregung verschlief.

»Mit die Zijarren sagste wat. Da könnt ick jetz eene von jebrauchen.« Sie kicherte leise, während sie die Kiste aus dem Schrank holte und öffnete.

»Biste varückt, Oma. Da krieg ick doch Ärjer – ach, mach ma. Is ja jetz ooch ejal.«

Oma Krawutke nahm eine der Zigarrenhülsen aus der Kiste. »Die sin aus Ecuador. Sone hatt ick ooch noch nich.« Vorsichtig schraubte sie den roten Verschluss der Aluminiumkapsel auf. Sie drehte die Öffnung nach unten und hielt ihre Hand darunter. Keine Zigarre plumpste heraus. Sie schüttelte den Behälter, aber ihre Handfläche blieb leer.

»Det is ja komisch. Jib mal.« Tiffany nahm die Alu-Kapsel und hielt die Öffnung ins Licht. »Irgendwat is da aber drinne.« Sie begann, mit ihren pink lackierten Fingernägeln in der Öffnung herumzustochern.

Zehn Minuten später lagen siebzehn ecuadorianische Zigarren und sechzig Fünfhunderteuroscheine auf dem Tisch. »Det is Schwarzjeld, Oma. Un ick sollte dem det

über die Grenze schmuggeln. Un als Dankeschön setz
det Schwein mir vor die Tür.« Tiffany strich fassungslos
die Scheine glatt, die sich sofort wieder zusammenroll-
ten.

»Nu sei nich traurig, Püppi. Weeßte wat? Morgen
jehn we erst ma schön davon einkoofen in Zürich. Det
soll der uns ma nachweisn, dass wir dem sein
Schwarzjeld ham.« Oma Krawutke lehnte sich auf ihrem
Sessel zurück und paffte zufrieden kleine Rauchkringel
in die Luft.

*

Nachdem sich Tiffany einmal quer durch das Früh-
stücksbuffet des Hotels Coronado im Zentrum Zürichs
gefuttert hatte, war sie bereit, sich den Herausforderun-
gen exzessiven Konsums zu stellen. Viele Stunden, Ge-
schäfte und Café-Aufenthalte später schlenderten sie die
Züricher Bahnhofsstraße entlang Richtung Hotel. Plötzlich blieb Tiffany stehen.

»Oma, kiek mal. Det Jeschäft heeßt wie icke. Wat isn
dette?« Entschlossen lenkte sie Sarah Michelles Buggy
durch die Menschenmassen auf dem Bürgersteig.

Oma Krawutke hatte Mühe ihr zu folgen. »Det isn
Juwelier. Kennste nich den schönen Film mit Odree
Häpbörn?«, schnaufte sie, als sie ihre Urenkelin endlich
eingeholt hatte.

»Hör uff mit die ollen Kamellen, Oma. Kiek ma, is
det nich süüüß?« Zärtlich strich Tiffany über die Schau-

fensterscheibe, die ein mit Steinen übersätes großes Weißgoldherz vor ihren gierigen Fingern schützte. »Wenn ick det haben könnte … det würde so jut zu meine neue rosa Jeans passen.«

Oma Krawutke sah von ihrer Urenkelin zum Schmuck und wieder zu ihrer Urenkelin. »Püppi, det hat schon Märrelinn jewusst: ›Deimonts aar ä Görls best Frennt.‹ Da haste wat für't Leben. Komm.«

Tiffany ließ sich das nicht zweimal sagen und stieß mit dem Buggy die Tür auf. Ein beflissener Verkäufer eilte ihr zu Hilfe. »Lottogewinn«, raunte ihm sein Kollege im Vorbeigehen ins Ohr, nachdem sein Blick über Tiffanys Woolworth-Shirt und die billigen Plateausandaletten bis zu den Diesel-, Benetton- und Espritttüten gewandert war, die Sarah Michelle in ihrem Buggy unter sich begruben. Der Verkäufer verzog keine Miene.

»Das Schmuckstück ist mit sechsundzwanzig Brillanten besetzt, lupenrein, Farbe River, zusammen fünf Komma zwei Karat. Der rosa Saphir in der Mitte hat zwei Komma zwei vier Karat. Baguetteschliff. Passend dazu eine fein gearbeitete Weißgold-Schlangen-Kette, achtzehn Karat.«

Tiffany ließ die filigrane Kette durch ihre Hände gleiten. »Nee. Bei det wertvolle Stück will ick ne Kette, die wat hält. Die hier reißt mir doch bei de kleenste Bewejung. Ham Se nich wat Stabileret? Wat isn mit die da?« Sie zeigte auf eine breite Panzerkette.

»Das ist Sterlingsilber.« Die Mundwinkel des Verkäufers sackten für einen Moment um wenige Millimeter nach unten.

»Täten Se uns det Schmuckstück doch eenmal präsentieren bitte.« Oma Krawutke klang ziemlich erkältet, seit sie den Laden betreten hatten.

Der Verkäufer öffnete die Vitrine und legte das fragliche Stück auf ein mit Samt bezogenes Tablett. Tiffany griff nach Kette und Herz und hielt sie gegeneinander. »Det passt doch prima.«

Bevor sie das Herz auf die Glasplatte des Tresens knallen konnte, um den Verschluss der Kette zu öffnen, hatte der Verkäufer ihr die Schmuckstücke aus der Hand genommen.

»Darf ich?«, schob er schnell hinterher und zog geschickt die Kette durch den Aufhänger. Dann umrundete er den Tresen, glitt hinter Tiffany und legte ihr den Schmuck um den Hals. Abschließend drehte er den kleinen Standspiegel, den er aus den Tiefen des Verkaufstresens hervorgezaubert hatte, in Tiffanys Richtung. Tiffany rückte das Herz zwischen all dem übrigen Tand auf ihrem Dekolleté zurecht, strich sich eine pinkfarbene Haarsträhne aus der Stirn und strahlte ihr Konterfei zufrieden an. Der Juwelier zuckte kaum merklich zusammen. Das Prunkstück der Cartier-Sommerkollektion »Heart to Heart« passte sich perfekt in das Sammelsurium von Glassteinen und billigen Kettchen um Tiffanys Hals ein.

»Ick behalt se gleich um.« Sie stockte. »Wir nehmen det doch, nich Oma?«, fragte sie leise und warf ihrer Oma einen flehenden Blick zu.

»Wat …« Oma Krawutke überlegte kurz, fand aber beim besten Willen kein Wort, das elegant die Frage nach dem Preis ausgedrückt hätte. Also direkt: »Wat kostet n dette?«

»39.590 Franken.« Oma Krawutke zuckte innerlich zusammen, blieb aber äußerlich ruhig. Nur ihr Gehstock vibrierte einen Moment. »Nehmen Se ooch Euro?«

»Selbstverständlich.« Der Verkäufer holte einen kleinen Taschenrechner unter dem Tresen hervor. »Das wären dann 25.564 Euro. Wie möchten Sie zahlen?«

»Bar«, kam die knappe Antwort.

*

Der Zug ruckelte kurz, aber heftig und Sarah Michele hustete. Beherzt klopfte Tiffany ihr auf den Rücken. In hohem Bogen flog ein Stück halb zerkaute Banane über den Tisch und landete auf Oma Krawutkes Rätselheft.

»Och nee, pass doch uff, wo de hinspucks, Püppi.«

Lautes Gebrüll war die Antwort. Oma Krawutke zog den Reißverschluss ihrer Handtasche auf und kramte nach einem Taschentuch. Als sie aus den Untiefen ihres Kunstledermonstrums wieder auftauchte, traf ihr Blick auf ein dunkelgrünes Hosenbein. Während ein Haben-Sie-was-zu-Verzollen an ihre Ohren drang, schob sich eine schwarze, feuchte Hundenase zwischen ihre Brille und das Hosenbein und verschwand in der geöffneten Handtasche.

»Oma, kiek ma. Der gloobt, du schmuggels n paar Bouletten.« Tiffany brach in lautes Gelächter aus und Sarah Micheles Heulen wechselte übergangslos zu vergnügtem Kreischen.

Der Labrador setzte sich auf sein Hinterteil und gab ein kehliges Bellen von sich.

»Darf ich mal sehen?« Die Stimme der Zollbeamtin klang freundlich.

»Wat wollenn Se denn mit meine olle Tasche?« Schnell schloss Oma Krawutke den Reißverschluss und zog die Tasche zu sich heran.

»Nur mal einen Blick hineinwerfen. Wenn Sie nichts zu verzollen haben, ist ja alles in Ordnung.«

Oma Krawutkes Handflächen hinterließen feuchte Abdrücke, als sie die Tasche auf den Tisch stellte. Ohne ihr Lächeln aufzugeben, öffnete die Zollbeamtin den Reißverschluss. Oma Krawutke mochte nicht hinsehen. Ihr Blick glitt über die Mitreisenden, die schnell die Köpfe senkten oder scheinbar teilnahmslos aus dem Fenster starrten. Geldscheine raschelten.

»Det ham we im Kasino jewonnen.« Tiffanys Stimme war zwei Töne höher als üblich.

»Ja, danke.« Wieder das Geräusch des Reißverschlusses.

Oma Krawutke starrte die Zollbeamtin an. »Wie? Det war allet?«

»Ich möchte dann nur noch Ihre Ausweise sehen.«
Die Frau lächelte immer noch, als hätte jemand ihre
Mundwinkel festgetackert. Sie warf einen kurzen, ge-
langweilten Blick in die Pässe und reichte sie Tiffany
zurück. Dann zögerte sie. Ihr Blick fiel auf das riesige,
edelsteinbeladene Herz auf Tiffanys Dekolleté.

»Det, det …«, begann Tiffany, aber Oma Krawutke
schnitt ihr das Wort ab: »Det hat se von ihren Freund
jekriegt. Schön nich? Is echt Silber. Zeig doch ma, Püppi.«

»Aba Oma …« Tiffany sah ihre Oma fragend an.

»Nu jib schon.« Oma Krawutke streckte ihr die rechte Hand entgegen. Tiffany löste den Verschluss und ließ
die Kette in Oma Krawutkes Handfläche gleiten. Die
umschloss das Herz mit der einen Hand, mit der anderen griff sie nach der Schließe der Ankerkette und drehte sie so zum Licht, dass der kleine Silberstempel zu
erkennen war. »Sehn Se, echt Störling Silber.« Die Zollbeamtin beugte sich vor. »Die Steine sind echte Schwali-
Sari- na Sie wissen schon, sone Kristalle.«

»Swarowski-Kristalle.« Das Lächeln der Zollbeamtin
flackerte einen Moment beinahe lebendig auf.

»Jenau.« Endlich hatte auch Tiffany begriffen. »Un
der Mann im Jeschäft hat jesagt, det wär fast wie'n
Orjinal-Härri-Eiwens-Anhänger. Det is der, der immer
bei HSE 24 in't Fernsehen vakooft. Zeig doch mal richtig, Oma. Die Frau kann det doch jar nich jenau sehen.
Wissen Se, wenn man det unter ne Lampe hält, denn
funkelt et janz doll. Wie echte Diamanten.«

51

»Sehr hübsch.« Die Zollbeamtin drückte Tiffany schnell die Pässe in Hand und eilte zur nächsten Sitzreihe, um Oma Krawutke keine Gelegenheit zu geben, ihr auch noch das übrige halbe Dutzend Kettchen um Tiffanys Hals zu zeigen.

*

Oma Krawutke hockte auf der äußersten Kante des Sessels und kämpfte gegen den Drang ihres Körpers an, die abschüssig in den Stahlrohrrahmen gespannte Lederfläche bis zur Rückenlehne hinunterzurutschen. Die große Kunstledertasche balancierte sie auf den geschlossenen Knien.

»Oma, nu sitz nich da, wie wenn se dir gleich zum Tode verurteilen. Ick bin det, die rinn muss«, raunte Tiffany ihr ins Ohr.

»Ick hab bloß Angst, dass ick hier nie wieder hochkomm, wenn ick eenmal drin häng«, zischte Oma Krawutke zurück.

Die Sekretärin hob kurz den Kopf und warf den beiden über den Rand ihrer Brille hinweg einen finsteren Blick zu. Tiffany erwiderte den Blick und fragte patzig: »Dauert det noch lange? Meine Oma kann nich so lange sitzen, wejen ihre Atri-Dingsda.«

»Ich kann mich nicht erinnern, dass Ihre Urgroßmutter von Herrn Weiland ebenfalls zu einem Gespräch gebeten wurde. Sie kann auch gerne draußen warten, wenn es ihr hier nicht passt.« Die ohnehin schmalen

Lippen der Sekretärin verschwanden beinahe völlig, als sie den Mund wieder schloss.

Tiffanys Erwiderung wurde von der Stimme aus der Sprechanlage übertönt: »Sie können Frau Krawutke reinschicken, Frau Hardtmann.«

Martin Weiland saß an seinem Schreibtisch und ging die Unterschriftenmappe durch, als Tiffany die Tür aufriss und wie eine Walküre auf dem Weg nach Walhalla auf ihn zudonnerte. Sie knallte die Zigarrenkiste, die sie in der Hand trug, so heftig auf die gläserne Schreibtischplatte, dass zwei kleine Bilderrahmen aus gebürstetem Edelstahl leise scheppernd in die Höhe hüpften.

»Jetzt reißen Sie sich mal zusammen, Frau Krawutke.«

»Wat wolln Se denn machen, wenn ick mir nich zusammenreiße? Kündijen?« blaffte Tiffany. »Und dass Se sich da keene falsche Illusion hinjeben, uff n jutet Zeugnis hab ick n Anrecht, det weeß ick. Un außerdem will ick ne Abfindung. Mir könn Se nämlich nich übern Tisch ziehen.«

Weilands Wangen bekamen Farbe. »Nicht in diesem Ton. Ich werde Ihr Verhalten Ihrer Arbeitsvermittlerin melden.«

»Na denn wünsch ick Sie viel Vagnüjen dabei. Ick war schon längst bei meine Arbeitsberaterin und die is uff meene Seite.«

Weilands Gesicht glühte. Er bewegte die Lippen, als zählte er leise bis zehn, bevor er den Mund aufmachte.

»Nicht in diesem Ton«, wiederholte er. »Sie verlassen sofort mein Büro.« Er sah Tiffany fest in die Augen. Aber die zeigte sich wenig beeindruckt.

Sie beugte sich zu ihm hinüber, so weit, dass seine Nase fast die bunten Kettchen berührte, mit denen sie sich so üppig behangen hatte, als wolle sie damit Handel treiben. »Da kommt noch wat nach für Sie, aber janz dicke«, zischte sie ihn an.

Weiland stierte kurz in Tiffanys Ausschnitt, dann stand er auf und holte tief Luft. Der harte, endgültige Ton seiner Stimme klang nach jahrelangem Training: »Klar. Und jetzt endlich raus!«

»Sie könn mir ma!« Tiffany warf ihr Haar mit Schwung zurück, dreht auf dem Absatz um und rauschte mit lautem Türenknallen hinaus. Sie stürmte auf ihre Oma zu und zog sie aus dem Stuhl hoch.

»Pass doch uff, du reißt mir noch n Ärmel vonne Jacke ab. Ick komm ja schon.« Oma Krawutke wand ihren Arm aus Tiffanys Griff und warf noch einen letzten Blick zur Sekretärin, die auf ihre Tastatur einhackte. »Wenn ick Sie wat raten dürfte«, säuselte sie. Die Sekretärin hob den den Kopf. »An Ihre Stelle würd ick keen son kräftijet Grün tragen.«

Unwillkürlich sah die Sekretärin an sich herunter, nahm aber sofort wieder Haltung an.

»Wissen Se, det wirkt so jiftig.«

Die Sekretärin öffnete den Mund, blieb aber stumm.

Oma Krawutke grinste befriedigt und marschierte Richtung Ausgang.

»Oma, nu mach schon.« Tiffany stand an der Tür zum Flur und wartete. Von außen versetzte jemand der Tür einen Stoß und rammte Tiffany den Griff unsanft in die Seite. »Mann, biste bescheuert oder wat?«, schnauzte Tiffany und trat einen Schritt zurück, während sich die Gattin ihres ehemaligen Chefs ins Sekretariat drängte.

»Mein Gott, Frau Krawutke, stehen Sie doch nicht so im Weg herum.« Frau Weiland versuchte auf Tiffany herabzusehen, was ihr aber dank Tiffanys Plateau-Schuhen gründlich misslang. »Was tun Sie eigentlich hier. Ich dachte Sie seien entlassen worden.« Ihr Nase und die Oberlippe kräuselten sich, als müsse sie gleich niesen, während sie ihren Blick über Tiffanys weiße Plateausandaletten, die rosa Jeans und das gelbe Häkeltop schweifen ließ. An Tiffanys Ausschnitt blieb sie hängen. »Wo haben Sie denn das her?«, blaffte sie und fuchtelte mit dem Zeigefinger vor Tiffanys Weißgold-Herz in der Luft herum.

Oma Krawutke folgte mit den Augen den Bewegungen des Fingers und trippelte nervös von einem Bein auf das andere.

»Det jeht sie jar nüscht …« Tiffany stutzte kurz. »Mönsch, Sie ham ja ooch so wat. Det is ja n Ding. Weeß ihr Oller, wat det kostet? Wo der mir doch betriebsbedingt jekündigt hat. Mann, det muss Sie ja echt wahnsinnig schlecht jehn. Ick gloobe, ick muss heulen.«

Frau Weiland öffnete gerade den Mund, als ein lautes Brüllen durch die geschlossene Bürotür drang, gefolgt von dem Krachen einer berstenden Sperrholzkiste. Oma

Krawutke und Tiffany sahen sich an. »Wir jehn denn besser ma, sonst komm we zu spät zu de Kita Sarah Michelle abholen«, murmelte Oma Krawutke. Sie schob Tiffany an Frau Weiland vorbei durch die Tür und eilte, so schnell sie konnte, den Flur Richtung Ausgang entlang, Martin Weilands Gebrüll immer noch im Ohr.

Erst auf der Straße blieben sie stehen. Oma Krawutke stützte sich mit beiden Händen auf ihren Stock und keuchte.

»Jehts, Oma?« Tiffany beäugte ihre Oma ängstlich. Dann kramte sie ihr Handy aus ihrem Schäfchenrucksack. »Weeßte wat? Scheiß uff det Jeld, wir fahrn mitte Taxe nach Haus, wa?«

Oma Krawutke holte noch einmal tief Luft, dann nickte sie. »Tiffy, da haste Recht, det ham we uns jetz ehrlich vadient.«

A Star Is Dead

»Danke.« Hannibal Dielen beugte sich vor, griff einen Kugelschreiber und hackte mit der Spitze kleine, blau gefärbte Scharten in die Platte des Tisches, hinter dem die dreiköpfige Jury saß.

Jos Gesang brach mitten im dritten Takt des Refrains ab. Mit offenem Mund starrte sie Dielen an.

»Ja, ganz nett, aber sowas von out, ähm – wie heißt du noch?«

»Johanna«, soufflierte die hohlwangige Brünette zu Dielens rechter.

»Genau, Johanna, und«, ein Grinsen legte sich auf seine vollen, feucht glänzenden Lippen, »du hast einfach ein paar Pfunde« das Grinsen wurde breiter, er warf den Kugelschreiber hin und lehnte sich zurück, »oder Zentner zu viel.«

»Du hast eine sehr schöne Soulstimme«, mischte sich nun der lässig in seinem Stuhl hängende Blonde ein, »da braucht man ein bisschen Volumen. Ich finde dich klasse, also aus meiner Sicht bist du eine Runde weiter. Was sagst du, Karina?« Er beugte sich vor und sah an Hannibal Dielen vorbei zu der Brünetten.

»Ja, ich«, die Brünette stockte und starrte auf einen jungen Mann hinter Kamera zwei, der ein Schild hochhielt und wild mit den Händen fuchtelte.

Jo drehte sich um und schnaufte kaum hörbar. »2 zu 1 – eine Runde weiter« stand darauf.

Die Brünette lächelte. »Kai, du hast total recht. Das war gaaanz, gaaanz toll.«

*

Jo zerpflückte die kleine Papierserviette mit dem Osterhasenmotiv in winzige Teilchen. »Det is allet abjesprochen, die Schweine.« Sie riss einem rosa Häschen den Kopf ab und warf den Fetzen auf die Tischdecke.

Oma Krawutke fegte unauffällig mit der Hand die Serviettenreste zusammen und entsorgte sie auf ihrem benutzten Kuchenteller. »Wie kommste denn da druff? Die suchen doch Talente. Un du kanns so schön singen, nich Tiffy?«

Ihre Urenkelin Tiffany zog die Augenbrauen hoch und schüttelte den Kopf. »Ach Oma, du bis sowat von ahnungslos. Jo hat det Schild doch janz jenau jesehn. Kiek mal, det läuft so: Du schicks da ne DVD mit dein Ufftritt hin, denn sortieren die vor. Schon da machen se zwee Häufchen, die eenen, die vielleicht jewinnen, un denn die, die rinkomm für dass det pi ssii is.«

»Pi was?« Oma Krawutke sah ihre Urenkelin verwirrt an.

»Politisch korrekt«, übersetzte Tiffany. »Du musst jetze von alle Minderheiten wen beihaben. N Türke, ne Schwarze, en aus Russland, n Schwuler. Irjendeener der Hartz IV kriegt un noch nie wat uffe Reihe jekriegt hat in sein Leben. Un Jo«, sie warf ihrer Freundin einen entschuldigenden Blick zu, »is eben die Dicke. Aber jewinnen tut von die keener.«

»Willste noch?« Oma Krawutke balancierte ein Stück Donauwelle auf einer Kuchenschaufel knapp zehn Zentimeter über Jos Teller. Jo schüttelte den Kopf und zerknüllte den Rest der Serviette.

»Kindchen, wennste nich ma mehr Appetit has, denn lass det doch sein. Die ham dir jar nich vadient, die da vonne Schau.« Oma Krawutke ließ die Donauwelle vorsichtig auf Jos Teller gleiten.

»Oma, det is et Special von ›Schlachthof des Schicksals‹. So ne Chance kommt nie wieder. N Live-act auffe Feier vonne fünfhundertste Folge. Det jibt ne Doppelfolge mit ne Riesenparty im ›Swingenden Schwein‹ zum Schluss. Alle sin se da, die Jaqueline Glemmer, der Sven Möhrike«, Tiffanys Augen wurden glasig, »un die andern ooch. Det is *die* Chance für Jo.«

»Un außerdem kommt da voll die hochkarätije Crew für den Workshop. Da sing ick endlich mal bei richtije Profis. Un wenn die mir nich inne Show lassen, is mir doch wurscht. Der Workshop wird die janze Zeit live im Fernsehn übertragen, die janzen vier Tage. Irgendeener entdeckt mir da bestimmt. Un denn werd ick berühmt ohne den Scheiß-Dielen.« Entschlossen stieß Jo die Gabel in den Kuchen.

*

Das Klima in dem Studio war beinahe tropisch. Als Jo auf dem ehemaligen Ufa-Gelände in der Oberlandstraße in Berlin-Tempelhof angekommen war, hatte es in Strömen gegossen. Nun saß sie mit nassen Haaren und feuchten Klamotten auf einer Bank zwischen vierundzwanzig anderen Jungs und Mädchen, die offenbar auch alle in den Regen gekommen waren. Die riesigen Scheinwerfer verströmten eine Hitze wie Heizpilze, und Jo dampfte.

Sie warteten seit fast zwanzig Minuten, und auf den hinteren Bänken rutschten ein paar nervös hin und her. Der hübsche Schwarzhaarige neben Jo raunte ihr zu: »Die verarschen uns doch voll hier, ey.«

Eine schmale Rothaarige drehte sich zu ihnen um: »Halt doch die Klappe. Du hast ja keine Ahnung.«

Der Junge stupste Jo in die Seite. »Hier siehste das Ergebnis der Hanni-Mania. Blanker Irrsinn.« Er lachte.

»Arschloch«, zischte die Rothaarige.

Da kam Bewegung in die vorderen Reihen. Jo reckte sich und sah am anderen Ende des Studios die kleine, drahtige Regieassistentin etwas in das Mikro ihres Headsets sprechen; eine der Kameras schwenkte zu einer Tür in den Kulissen. Der Aufnahmeleiter hatte ihnen das Studio und die Originalkulissen der Daily-Soap »Schlachthof des Schicksals« gezeigt. Am Ende der Führung hatte er sie in die Stammkneipe der Serie »Zum Swingenden Schwein« gebracht. Die Cocktailsessel, die sie aus dem Fernsehen kannten, hatte man durch Bierbänke ersetzt, auf denen sie jetzt saßen. Nun tauchte aus der Tür, durch die sonst immer die Wirtin der Serie kam, Hannibal Dielen auf. Inzwischen wusste Jo, dass hinter der Tür nicht die Kneipenküche, sondern ein schmaler Gang war. Die Kneipenküche hatte man in einem Nachbarstudio aufgebaut.

Dielen sah genervt aus. Die Mundwinkel hingen schlapp nach unten und sein Blick glitt suchend durch den Raum. Als er die Kamera mit dem blinkenden Lämpchen entdeckte, schnellten seine Mundwinkel nach oben und er verzog sein Gesicht zu jenem schleimighämischen Grinsen, für das er bereits berühmt gewesen war, als er noch zusammen mit seinem Kollegen Manfred Gassner als »Hanni & Manni rocking Berlin« durch irgendwelche Provinznester tingelte.

Dielen klatschte in die Hände. »Okay Leute. Ihr habt es geschafft – bis hierher. Wer weiterkommen will ins Finale, muss uns zeigen, was er kann. Wenn ihr glaubt, ihr könnt euch durchmogeln, liegt ihr voll daneben. Ich will Action sehen, Einsatz bis aufs Blut. Wenn ihr mittags noch nicht fix und fertig seid, habt ihr euch nicht genug angestrengt. Ihr kennt die Regeln.«

Die Rothaarige beugte sich vor und nickte heftig. Einige murmelten Unverständliches. Sie hatten die »Regeln« alle unterschreiben müssen, fünfzehn Seiten Vertrag, von dem Jo nicht mal die Hälfte verstanden hatte.

»Okay!« Dielen klatschte erneut in die Hände. »Kein Kontakt zur Außenwelt. Bis zum Ende des Workshops verlasst ihr das Studiogelände nicht. Wir filmen alles, und im Laufe der vier Tage wird jeder von euch einmal interviewt. Sonntagvormittag ist dann das Finale. Jeden Tag müssen fünf von euch gehen. Die andern dürfen weitermachen. Wer das ist, entscheiden wir.« Er zeigte mit einer weit ausholenden Geste auf die anderen beiden Jury-Mitglieder: Karina von Reithausen, eine der Hauptdarstellerinnen aus »Schlachthof des Schicksals«, und Kai Vogel, der sich als freier Musikjournalist für verschiedene Fernsehsender einen Namen gemacht hatte. »Okay. Und jetzt ran an die Arbeit, Leute.« Dielen klatschte zum dritten, aber nicht zum letzten Mal an diesem Tag in die Hände.

*

»Det is voll ätzend.« Jo hatte sich mit ihrem Handy aufs Klo verzogen. Sie hatten zwar die Handys abgeben müssen, aber der Aufnahmeleiter hatte das kleine Rosane, das Jo sich vorsichtshalber in ihren BH geschoben hatte, nicht gefunden. Sie hockte neben dem Waschbecken auf dem grauen Fliesenboden und hatte die Füße an die Tür der Klokabine gegenüber gestemmt.

»Echt Tiffy, ick bin so wat von alle. Jesungen hab ick nich ma ne halbe Stunde, aber rumjehubst bin ick wie eens von die Stepphühner ausn Friedrichstadtpalast, stundenlang. Un die Scheißbemerkungen immer von den Dielen. Wenn ick nich so fertig wär, hätt ick dem aber …« Sie lauschte, dann schüttelte sie den Kopf. »Nee, n paar sin ja ooch janz nett. Die mit mir uffm Zimmer is, die kann voll cool rappen, Nilay heißt die, die kommt aus Köln. Un der ihr Bruder is ooch dabei. Un denn so Kleener, der findet so alte Sachen ooch so klasse wie icke. Mit dem hab ick ›Over the rainbow‹ inne Pause jesungen. Hör uff zu stöhn, Tiffy. Det war supa, die andern ham voll jeklatscht. Un die auße Küche sin extra nach vorne jekommen. Un eene von die hat jesagt, so wat Schönet hat se noch nie jehört.« Sie lauschte wieder. »Nee, klar, so schlimm is et nich, aber wat echt voll Scheiße is, dass de hier nich … Warte ma …‹«

Die Klotür hatte sich geöffnet und eine große Blondine war hereingekommen, ihr üppiges Dekolleté stand in seltsamen Gegensatz zu ihren knochigen Schultern und den dünnen Armen. Sie lächelte Jo an. »Du weißt, dass du dafür rausfliegen kannst?«

»Wat …?«

Die Blondine hatte sich inzwischen vor dem Spiegel positioniert und begonnen, sich die glänzenden Stellen auf Nase, Stirn und Kinn nachzupudern. Sie schnitt Jo das Wort ab. »Red dich nicht raus, ich hab's genau gesehen.« Sie steckte die Puderdose zurück in ihre mit kleinen Ankern bedruckte Schultertasche und sah Jo in die Augen. »Keep cool, Babe, von mir erfährt keiner was.« Sie hatte sich bereits umgedreht und die Türklinke er-

63

griffen, als sie sich noch einmal zu Jo umwandte: »Vergiss nicht, ich hab jetzt was gut bei dir.« Dann fiel die Tür ins Schloss.

»Tiffy, Tiffy, biste noch dran?«, flüsterte Jo ins Handy. »Na Jott sei Dank, det war knapp.« Sie schnappte nach Luft. »Det war eene, die mit mir uffm Zimmer is. Nee nich die. Det war Amy Patch. Keene Ahnung, wat die kann, bislang beschränkt se sich uff jut aussehn. Aba ick mach mal besser Schluss, nich dass noch eener kommt. Ick meld mir morgen wieder umme gleiche Zeit.«

*

Drei Tage waren vorbei. Jo fühlte sich schlimmer als bei ihrer letzten Diät und ihrem letzten Liebeskummer zusammen. Sie hatte mindestens drei Kilo abgenommen, aber immerhin hatte sich der Anteil der Gesangsübungen inzwischen drastisch erhöht. Zehn waren bereits rausgeflogen. Jeden Morgen nach dem Frühstück inszenierte Dielen eine große Show und verkündete die Namen derjenigen, die bleiben durften. Jo freute sich schon auf Sonntag. Sie wollte endlich raus aus diesem Straflager. Mal wieder mit Tiffy richtig Party machen – immerhin war Samstag. Sie grinste, fischte das Handy aus der Dreckwäsche und verzog sich aufs Klo, um sich mit Tiffany für abends zu verabreden.

*

Es war viertel vor vier und der Morgen dämmerte bereits, als fünf Gestalten über das Studiogelände zum Lieferanteneingang huschten. Sie hatten die Tür entriegelt und das Schloss verklebt, sodass es nicht zuschnappen konnte. Als sie die angelehnte Tür erreichten, sahen sie sich um, dann lauschten sie. Aber bis auf das langsam anschwellende Tschirpen der Vögel war nichts zu hören.

»Okay«, raunte Tiffy Jo zu, »ick mach mir vom Acker. Ick drück euch die Daumen für morgen.« Sie winkte Nilay und den beiden Jungs zu. Der kleine Steffen, mit dem Jo inzwischen regelmäßig alte Blues- und Soulstücke schmetterte, hatte bereits die Tür aufgeschoben und zwängte sich durch den schmalen Spalt.

Jo drückte ihre Freundin kurz, dann drehte sie sich um und lief hinter den anderen her. Plötzlich erstarrte sie. Ein Flutscheinwerfer an der Hausmauer war aufgeflammt und tauchte die Szenerie in grelles Licht. Die Tür wurde aufgerissen und jemand packte Steffen am Arm. »Jetzt ist ja klar, wer nicht ins Finale kommt.«

Hannibal Dielen stand im Türrahmen und schubste den verschreckten Steffen wieder ins Freie. Hinter Dielen drängten die Trainer und ein paar der Kandidaten in Schlafanzügen durch die Tür. Nur Dielen stand dort in voller Montur – Lederjeans, affig-bunte Cowboystiefel, Hawaiihemd und Pferdeschwanz. Jos Herzschlag setzte für einen Moment aus. Sie starrte auf den gestylten Dielen, auf die verschlafenen Gestalten hinter ihm, auf Amy in ihrem knappen Bademantel. Neben Jo murmelte Nilay leise »Scheiße«.

»Okay Leute, die Show ist vorbei. Ihr packt morgen«, Dielen sah auf seine Armbanduhr, »oder besser gesagt heute nach dem Frühstück und das war's dann.« Plötzlich schweifte Dielens Blick ab. »Hey, du da. Komm mal her. Was hast du hier zu suchen?«, brüllte er über den Hof.

Jo drehte sich um. Am Rand des Lichtkegels stand Tiffany mit zerzausten Haaren, verschränkten Armen und trotzigem Ausdruck im Gesicht.

»Ick bin Tiffy, Jos Freundin.« Sie trat nach vorne und stellte sich zwischen Nilay und Jo.

»Du gehörst nicht zu den Kandidaten«, stellte Dielen überrascht fest. »Okay, du hast hier nichts zu suchen. Mach ne Fliege.« Er klatschte in die Hände, als wolle er Tiffany durch das Geräusch verscheuchen.

Jo hakte ihre Freundin unter. »Kommt jar nich inne Tüte. Wenn ick eh raus bin, denn kann Tiffy ooch hier schlafn.« Sie schob Tiffany am glotzenden Dielen vorbei zur Tür, Steffen und die anderen hatten sich ebenfalls in Bewegung gesetzt. Zu fünft drängten sie durch den Pulk der gaffenden Trainer und Kandidaten hindurch ins Haus. Dielen kam fluchend hinter ihnen her.

Jo hörte eine helle Stimme: »Hab ich dir doch gesagt, dass die abgehauen sind.«

Sie fuhr herum und sah Dielen Amy Patchs Wange tätscheln.

»Ja, ja«, murmelte er, »wir sprechen uns nachher, Schätzchen.«

»Du miese Schlange«, brüllte Jo, »trau dir bloß nich ins Zimmer, bis ick weg bin, sonst vaarbeit ick dir zu Silikon-Gulasch.« Dann stapfte sie mit Tiffy und den anderen im Schlepptau davon.

*

Tiffany erwachte durch einen langgezogenen, schrillen Schrei. Ihr erster Gedanke war: Sarah Michelle. Sie schreckte hoch, war schon halb aus dem Bett, starrte verwirrt auf die graublaue Auslegware, die ihr gänzlich fremd war, bis ihr langsam dämmerte, dass ihre kleine Tochter bei deren nichtsnutzigem Vater Kevin war und sie selbst irgendwo in Tempelhof in einem Nebengebäude auf dem Studiogelände. Sie rieb sich die Augen, spürte einen leichten Kopfschmerz und hatte noch immer diesen seltsamen schrillen Ton im Ohr.

Im Bett gegenüber wühlte sich Johanna aus den Decken und aus dem dritten Bett unter dem Fenster jammerte Nilay: »Kann denn nicht einer das Radio ausmachen. Ich hab furchtbare Kopfschmerzen.«

»Det is keen Radio, da jault eener«, stellte Jo fest.

Als die drei endlich aus dem Bett geklettert und bis zur Quelle des Schreis vorgedrungen waren, war dieser längst verstummt. Im Fitness- und Saunabereich drängten sich unzählige Menschen. Der Aufnahmeleiter und die Regieassistentin versuchten vergeblich, die Leute zu vertreiben. In der Ferne hörten sie ein Martinshorn.

Jo und Tiffany schoben sich durch die Menschenmenge nach vorne und versuchten einen Blick auf das zu erhaschen, was die anderen so neugierig begafften. Auf der Oberfläche des Whirlpools trieb ein blonder Zopf. Jo reckte sich und starrte ihrem Vordermann über die Schulter.

»Mann, da liegt wer im Pool«, informierte sie Tiffany.

In diesem Moment setzt wieder der markerschütternde Schrei ein. Die kleine Rothaarige kreischte und zeigte mit dem Finger auf Jo. »Du hast sie umgebracht. Du hast ihr gedroht, ich hab's genau gehört. Du hast sie umgebracht.«

»Wen hab ick umjebracht?«

Der Junge vor Jo drehte sich um und sah sie ausdruckslos an. »Amy. Die liegt da im Pool.«

Tiffany und Jo starrten den Jungen an. Der Junge und die anderen im Raum starrten zurück. Für einen Wimpernschlag war es beinahe totenstill. Hannibal Dielen und Tiffanys Handy fingen gleichzeitig an zu plärren.

»Alles raus hier, gleich kommt die Polizei«, brüllte Dielen und klatschte heftiger als gewöhnlich in die Hände.

Tiffany verzog sich in eine Ecke und beantwortete den Anruf. »Nee, Oma. Ick kann hier nich weg ... ick weeß, dass ick die Kleene abholn muss ... sag Kevin, er soll se mit zum Fußball nehmn ... ick kann echt nich

…« Ihre Stimme wurde schrill. »Hier is eene tot … ja, tot … un die sagen, det is Jo ihre Schuld … nee, Oma! Du muss nich kommn, we … Oma? Scheiße!« Tiffany drehte sich zu Jo um. »Oma kommt.«

Jo stöhnte laut auf.

*

Als sich Oma Krawutke mitsamt ihrem Gehstock und der Hilfe des Taxifahrers in Freie gezwängt und aufgerichtet hatte, brauste ein hellblauer Opel Corsa mit quietschenden Reifen auf das Studiogelände und stoppte knapp einen halben Meter hinter einem Streifenwagen. Oma Krawutke winkte Kommissar Brinkheim zu, der ähnlich elegant aus dem Kleinwagen kletterte wie sie aus dem Taxi. Brinkheim blieb stehen und verzog das Gesicht, als habe gerade etwas sehr Kaltes einen kariösen Zahn touchiert.

»Schön, det die Polizei so sparsam is un keene teuren BMWs fährt.« Oma Krawutke lächelte Brinkheim an.

Brinkheim räusperte sich. »Ist von meiner Tochter. Meiner ist kaputt.«

»Dienstwagen sin aus oder wie?« Oma Krawutke lächelte immer noch unschuldig.

»Ich komm von zu Hause. Rufbereitschaft«, brummte der Kommissar, dann stutzte er. »Was machen Sie eigentlich hier?«

»Meene Tiffy is da drin … un ihre Freundin Jo. Da muss ick doch helfen kommn. Wer weeß, wat Sie sons anstellen, nich?«

Brinkheim seufzte. »Das ist ein Tatort. Sie dürfen hier nicht …« Er verstummte. Oma Krawutke war bereits losmarschiert und hinter einem Uniformierten ins Gebäude geschlüpft.

*

Tiffany, Jo und Nilay hockten laut debattierend auf ihren Betten, als Oma Krawutke die Tür öffnete. Tiffany sah auf.

»Hallo Oma. Is det nich jemein, wir müssen hier uffe Zimmer sitzen. Die vont Team ham se inne Kantine jesteckt.«

Oma Krawutke setzte sich neben ihre Urenkelin auf das Bett. »Aba den Hannibal Dielen hab ick ebend noch aufn Flur jesehn, wie er mit son Dicken jestritten hat.

Nilay staunte. »Sie kennen den Dielen?«
»Na klar, ausset Fernsehn. Un jetz erzählt ma, wat hier los is.«

Nachdem die drei berichtet hatten, nickte Oma Krawutke. »Jetz wird mir einijet klarer.«

»Wat n Oma?«

»Na, wieso der Dielen sich so jestritten hat mit den Dicken.«

»Wat? Wat ham se jesagt?« Die drei sahen Oma Krawutke gespannt an.

»Der Dicke hat den Dielen jesteckt, det er seene Provision nich kriegt, jetz wo die Amy tot is. Denn hat der Dielen jesagt, denn findet er ebent wen andret, die würdn sich doch alle um son Vatrag reißen. Der Dicke hat jeschnauzt, dass det nich so einfach wär, weil se ja schon die Werbung anjeleiert hätten. Un det Finale wär jetz erledigt. Un denn hatta jemeint …« Oma Krawutke sah Jo an. »Det tut mir echt leid, aba der hat ja keene Ahnung, wie schön du singen tus.«

»Oma, is ja jut. Wat hatta nu jesagt?« Jo rutschte nervös auf dem Bett hin und her.

»Na ja«, Oma Krawutke legte die Hand auf Jos Unterarm, »der hat jemeint, wat denn der Dielen denkt, wer von die Pfeifen, die jetz übrig sin, n Fünfjahresvertrag wert wär.«

Die drei glotzten Oma Krawutke an, dann polterten sie gleichzeitig los.

»Die Schweine, det wussten die von Anfang an, wer jewinnt. Det war allet bloß Show«, brüllte Jo.

»Das hab ich doch gesagt.« Nilay sah irgendwie zufrieden aus.

»Ja, du has jut reden, du has den Zirkus hier ja bloß mitjemacht, weil de da ne Arbeit drüber schreiben wills. Aber für Jo hängt ihre Karriere da dran«, blaffte Tiffany.

»Hör uff, Tiffy, det is jetz nich wichtig. Der Amy ihr Mörder looft da draußen rum.« Oma Krawutke sah ihre Urenkelin strafend an.

»Det war bestimmt der blöde Dielen. Dem würd ick det zutrauen.«

»Was war Herr Dielen?«

Jos Wangen färbten sich rot. Sie hat nicht bemerkt, dass Kommissar Brinkheim das Zimmer betreten hatte.

»Is doch klar. Der hat die Amy umjebracht«, half Tiffany ihrer Freundin.

»Das ist sehr unwahrscheinlich. Durch den Tod von Annemie Patulsky …«

»Wie hieß die?«, prustete Jo los. Ein strenger Blick von Brinkheim ließ sie jedoch sofort verstummen.

»Also durch den Tod von Annemie Patulsky«, fuhr Brinkheim fort, »verliert Herr Dielen eine große Summe Geld.«

»Au weia, wo der doch so jut wie pleite is … stand im Joldenen Blatt.« Oma Krawutke lächelte Brinkheim unschuldig an.

Brinkheim ignorierte sie. »Frau Patulsky teilte mit Ihnen das Zimmer?« Er sah in die Runde und die drei Mädchen nickten stumm. »Gegen vier wurde Frau Patulsky das letzte Mal gesehen. Sie kam nicht mit Ihnen zurück ins Zimmer?«

Das Rot auf Jos Wangen intensivierte sich. Sie presste die Lippen aufeinander.

»Nu sag schon.« Oma Krawutke stieß Jo mit dem Gehstock an.

»Ick hab ihr Prüjel anjedroht, wenn se noch ma ins Zimmer kommt, wo se uns doch vapfiffen hat.«

»Sie haben das Zimmer aber anschließend nicht mehr verlassen?«, fragte Brinkheim erstaunlich freundlich.

»Nee«, Tiffany schüttelte den Kopf. »Wir warn doch breit wie die Nattern un echt froh, als we endlich im Bette lagen.« Sie hörte ihre Oma leise schimpfen und vermied es, sie anzusehen.

»Klar.« Brinkheim, der sich auf den einzigen Stuhl im Zimmer gesetzt hatte, erhob sich und sah sich um. »Wo hatte Frau Patulsky ihre Sachen?«

Nilay wies auf das Bett, auf dem Tiffany und Oma Krawutke saßen. »Das war ihr Bett, daneben der Nachttisch war ihrer und der Spint ganz rechts.«

Brinkheim streifte sich Latexhandschuhe über und begann Spint und Nachttisch zu durchsuchen. Außer Kleidung, einer Menge Schminkutensilien und einem kleinen Tütchen Marihuana fand er nichts.

»Sie warn als Kind wohl nie in't Landschulheim, wa?« Oma Krawutke war aufgestanden und scheuchte Tiffany vom Bett. »Hilf mir ma, Püppi.« Sie versuchte, die Matratze hochzuheben, aber sie war zu schwach. Brinkheim schob Tiffany beiseite, stemmte die Matratze hoch und lehnte sie gegen die Wand. Darunter kam lediglich der nackte Lattenrost zum Vorschein.

»Nichts.« In Brinkheims Stimme waberte ein Quäntchen Triumph mit.

»Natürlich nich, det Kind war ja nich doof.« Oma Krawutke beugte sich vor und zog den Reißverschluss des Schonbezugs auf. Bevor eine der anderen zwischen Matratze und Bezug greifen und Spuren vernichten konnte, drängte Brinkheim sich vor.

73

»Da unten ist was.« Nilay deutete auf eine Beule im Bezug. Brinkheim tauchte seine Hand in den Bezug und zog einen DIN-A5-Briefumschlag hervor. Jo, die Brinkheim um gut zehn Zentimeter überragte, schielte über seine Schulter.

»Wow. Det is von Star Productions an Amy«, teilte sie den anderen mit.

»Und was ist Star Productions.«

Tiffany stöhnte. »Oh Mann, det sind die, die die janzen Stars mänätschen. Den Andi Klein un die Desiree Dupont un …«

»Kenn ich nicht«, brummte Brinkheim und zog die Papiere aus dem Umschlag.

»Det isn Vatrag«, informierte Jo, nach einem weiteren Blick über Brinkheims Schulter, die anderen.

Brinkheim murmelte Unverständliches und blätterte immer hektischer durch die Seiten.

»Das ändert natürlich einiges«, sagte er schließlich.

»Da sagste wat. Die kriecht ja fast drei Mal so vülle, wie se hier jehabt hätte.« Jo schnaufte. »Mannomann. Sag ick doch, det war der Dielen.«

»Klar. Mord im Affekt. Wahrscheinlich hat er erst heute Morgen von dem Vertrag erfahren.« Nilay sah konzentriert auf das Papier, obwohl sie aus der Entfernung nichts erkennen konnte.

»Aber wieso ist sie dann überhaupt hierhergekommen?«, sagte Brinkheim mehr zu sich selbst als zu den anderen.

Jo verschränkte die Arme vor der Brust. »Die is doch voll die Rampensau. Vier Tage live im Fernsehen, so wat hätt die sich nie durch die Lappen jehn lassen.«

Brinkheim nickte. »Dann werde ich mich wohl noch mal …«

Die Zimmertür wurde einen Spalt breit geöffnet und ein junger Polizist steckte den Kopf herein. »Chef, Herr Dielen will mit Ihnen re-«

»Hören Sie, so geht das nicht. Wir müssen mit der Show weitermachen. Wissen Sie eigentlich, um wie viel Geld es hier geht?« Dielen schob den uniformierten Beamten zur Seite. Der sah den Kommissar entschuldigend an.

Brinkheim winkte ab. »Schon gut. Ich wollte sowieso mit Herrn Dielen sprechen. Und Sie«, er deutete mit dem Finger auf Dielen, »werden mir jetzt ein paar Fragen beantworten.«

»Janz jenau!« Oma Krawutke ging mit dem drohend in die Luft gereckten Gehstock auf Hannibal Dielen los. »Sie ham det arme Ding da im Pool umjebracht, nur weil Se den Vatrag nich mehr wollte. Sie sin n Schwein. Sie …«

»Hey, was will denn die durchgeknallte Alte hier?« Hannibal Dielen wich einen Schritt zurück. Als er merkte, dass von hinten die Kandidaten und die Crew, die durch den Lärm neugierig geworden waren, ins Zimmer drängten, warf er Brinkheim einen wütenden Blick zu, von dem Nilay später behauptete, dass er eher panisch

75

gewesen sei – in Aggression transformierte Angst, wie sie meinte.

»Schaffen Sie mir die Furie vom Hals!«, brüllte Dielen.

»Kein Problem«, Brinkheim verzog keine Miene, »Sie kommen einfach mit mir aufs Revier. Sie stehen unter dringendem Tatverdacht, Annemie Patulsky getötet zu haben.« Er nickte dem Beamten zu, der die ganze Zeit neben Dielen gestanden hatte.

Die Umstehenden verfolgten mit offenen Mündern, die sich vereinzelt zu einem Grinsen verzogen, wie der Polizist Dielen am Oberarm fasste und zur Tür schob. Der kleinen Rothaarigen liefen Tränen über die Wangen.

»Nein«, murmelte sie.

»Doch«, erwiderte Nilays Bruder, der neben ihr stand. »Dein Hanni-Bunny ist ein eiskalter Mörder.«

Die Rothaarige schluchzte. »Das ist nicht wahr. Das war doch ein Unfall.«

Brinkheim, der schon fast aus der Tür war, blieb abrupt stehen. »Was? Haben Sie beobachtet, wie Frau Patulsky zu Tode gekommen ist?«

Die Rothaarige heulte jetzt laut. »Ich … ich … ich« Sie zog die Nase hoch. »Sie ist einfach ausgerutscht, dabei hab ich sie fast gar nicht angefasst.«

Brinkheim starrte sie an. »Sie haben …?«

Die Rothaarige nickte, sie schniefte jetzt nur noch leise. »Amy hat im Pool gelegen und einen Joint geraucht. Ich bin nur runtergegangen, weil ich auf Klo musste und das Blubbern gehört habe. Als ich ihr sagte, dass sie auch fliegt, wenn Hanni sie mit dem Joint erwischt, hat sie bloß gegrinst und gesagt, das wäre ihr egal. Hanni hätte ihr zwar schon den Vertrag gegeben, aber sie hätte jetzt ein viel besseres Angebot. Deswegen scheißt sie auf den Sieg. Und das war doch noch viel gemeiner als bloß zu petzen. Sie wusste ganz genau, dass sie das Finale gewinnt. Und trotzdem verpfeift sie die anderen. Und dann will sie auch noch Hanni hängen lassen. Wo Hanni doch das Geld von der Show so dringend braucht.« Sie schnappte nach Luft und wischte sich den Rotz an der Nase mit dem Handrücken weg. »Und dann hat sie den Joint ins Wasser geworfen und ist aus dem Pool geklettert. Ich war so wütend. Wenn sie den Vertrag nicht wollte, hätte ich ihn doch kriegen können, aber die hat ja keinem was gegönnt. Ich hab sie wirklich nur ein ganz bisschen geschüttelt. Die doofe Kuh ist einfach ausgerutscht. Und dann hat es klong gemacht und das Wasser wurde rot und Amy hat nichts mehr gesagt.« Ihre Stimme war immer leiser geworden, nun verstummte sie ganz.

Brinkheim sah sie ernst an. »Ich muss Sie jetzt festnehmen.«

Die Rothaarige nickte. »Aber Hanni kommt doch frei?«

»Ja, sicher.« Brinkheim warf einen Blick den Flur entlang. »Das kann allerdings noch ein Weilchen dauern. Bis der ganze Papierkram erledigt ist …« Er zwinkerte

Oma Krawutke zu, dann begleitete er das Mädchen zum Streifenwagen.

Auf immer und ewig

Tiffany Krawutke lehnte sich zurück, verschränkte die Arme vor der Brust und schielte mit Befremden zu ihrer Uroma hinüber. »Oma, du bis doch schon uralt, det jeht doch nich.«

Oma Krawutke lächelte: »Ach Püppi, ick bin sowat von selig. Wenn ick damals bloß schon jewusst hätte, dat der Emil mir liebt, denn wär allet anders jewordn.«

»Oma, du bis siebenundachtzig. Da kannste doch nich noch ma wat mit son alten Knacker anfangen.«

Oma Krawutkes Lächeln gefror: »Gloobste vielleicht, die Liebe is det Vorrecht von euch junget Jemüse?«

Tiffany zupfte kleine Fetzen aus der bordeauxroten Papierserviette neben dem Kuchenteller. »Neeeee. … Aber det is doch …« Sie starrte auf die malträtierte Serviette.

»Wat is det?«, fauchte Oma Krawutke quer über den festlich gedeckten Wohnzimmertisch.

Tiffany sah ihre Uroma an und wurde rot.

»Nüscht«, murmelte sie. Dann holte sie tief Luft: »Aber wenn det n Heiratsschwindler is, der bloß an deen Jeld will?«

Oma Krawutke schlug mit der Faust auf den Tisch, dass das Geschirr empört klapperte und die Milch im versilberten Kännchen über den Rand schwappte: »Jetz hab ick aber die Faxen dicke. Entweder du hörs jetz sofort uff mit deen dummet Zeug un benimms dir, wenn Emil kommt. Oder du kanns deen Kaffee unten beim Bäcker trinken.«

»Is ja jut«, maulte Tiffany. »Aber ick …« Das Schrillen der Türklingel ließ sie verstummen.

Oma Krawutke stellte den alten Herrn in dem hellen Sommeranzug als ihren ehemaligen Schulkameraden Emil Reske vor. Widerwillig schüttelte Tiffany seine faltige und mit Altersflecken übersäte Hand.

»Sie sind also Tiffany. Emmi hat mir schon so viel von Ihnen erzählt. Ich bewundere ja, wie Sie das alles schaffen. So jung und dann mit einem kleinen Kind. Wo ist denn eigentlich …?«

»Beim Vatta«, blaffte Oma Krawutke. »Sonst schleppt se die Kleene überall mit hin, aba ausjerechnet heute, wo ick dir die beeden vorstelln will, is der Tag im Jahr, wo die Kleene mit ihrm Vatta aufn Rummel muss.«

Emil Reske legte Oma Krawutke sanft seine Hand auf den Unterarm. »Das macht doch nichts. Dann lerne ich sie halt beim nächsten Mal kennen.« Er hauchte ihr einen Kuss auf die Wange.

Tiffany starrte die beiden entgeistert an, dann heftete sie ihren Blick auf den Kirschkuchen und beschloss, sich so schnell wie möglich vom Acker zu machen.

*

Die ersten warmen Tage hatten die Menschen ins Freie gelockt. Sie saßen eng gedrängt vor den Cafés und hielten ihre bleichen Wintergesichter in die Sonne. Das Innere des Eiscafés war zwar kühl und dämmrig, dafür aber beinahe menschenleer. Tiffany hockte auf der mit Kunstleder bezogenen Eckbank und zermatschte Kirscheis, Sahne und Likör zu einer blutroten Pampe. Ihre Freundin Johanna verputzte unbeeindruckt von den abschätzigen Blicken der Eisverkäuferin einen Mega-Eisbecher für zwei. Tiffanys Tochter Sarah Michelle kniete zwischen den beiden auf der Bank und garnierte ihren Schlumpfeisbecher mit Plastikblättern aus der Blumen-Deko, die auf dem Tisch stand.

»Vielleicht is der ja janz nett«, sagte Jo, bevor sie sich einen großen Löffel Schokoeis in den Mund schob.

»Nett, nett. Der hat Oma jeküsst, richtig mit Zunge.« Tiffanys Eislöffel sauste auf eine Amarenakirsche nieder. Eis-Sahne-Brei spritzte auf den Tisch.

»Iih, det is ja voll eklig. Det …« Der Rest ging in einem Hustenanfall unter. Johanna hatte sich an einem Stück Kiwi verschluckt.

»Ebent. Un ick hab meene Oma echt voll lieb, aber weeßte, wer will denn mit sone alte Frau noch Sex.«

»Der is doch ooch total alt. Vielleicht kann der nich mehr richtig kieken un sieht die janzen Falten nich.« Jo hatte den Kampf mit dem Eisbecher wieder aufgenommen und machte sich jetzt über eine Kugel Zitroneneis her.

»Nee, kieken kann der wie ne Eins. Un een uff feiner Pinkel macht der. Ick weeß echt nich, wat der von meene Oma will. Det kann eijentlich nur Kohle sein.« Tiffany rührte langsam in ihrer Eispampe.

»Aber bei deene Oma is doch nüscht zu holn. Un ick dachte, der is Apotheker jewesen. Die ham doch immer selber Kohle ohne Ende. Außerdem wohnt der in eine von die schicken Stadtvillen am *Esplanade*. Det is fast schon Ku-Damm.« Johanna schüttelte den Kopf. »Ick gloobe, det de dir wat einbildes. Wart doch ma, wie't so looft zwischen die beeden. Is doch schön, wenns deene Oma jut jeht.«

»Aber wenn der ne Lebensversicherung uff Oma abjeschlossen hat un sie denn umbringt. Det passiert janz oft, sowat.« Tiffanys Stimme schnellte in die Höhe, und Sarah Michelle sah erschreckt von ihrem Schlumpfeis-Kunstwerk auf. Jo streichelte der Kleinen über den Rücken. »Spiel weiter, Süße, Mama hat nüscht. Die spinnt bloß son bisschen.«

»Ick spinne nich. Der hat se heute Abend zu sich einjeladen. Oma is extra im KaDeWe jewesen un hat sich wat Neuet zum Anziehen jekooft. Un weeßte, wat et Schlimmste is?«

»Nee«, Jo ließ den voll beladenen Eislöffel zurück in den halb geleerten Becher plumpsen. »Los, sag schon.«

»Die is inne Wäscheabteilung un hat sich son flieder-farbenen Spitzen-BH jekooft mit nem passenden Slip.«

»Det is ja voll pervers. Willste nicht wissen, wat die da heute Abend machen?« Johanna hatte ihr Eis fast vergessen. »Du könns die Kleene bei Kevin parken un denn fahrn we ma vorbei und kieken.«

» Oma is schon voll sauer uff mir. Wenn ick der ihr Date heute Abend vasau, isses janz vorbei.«

»Quatsch, det kriegt die doch jar nich mit.« Johanna rutschte aufgeregt auf der Bank herum. »Komm schon, du willstet doch ooch.«

Tiffany gab sich geschlagen. »Na jut, ick ruf Kevin an un frag, ob er die Kleene nachher nimmt.«

*

Die Häuser in der Lützowstraße dösten in der Nachmit-tagssonne. Die Anliegerstraßen, an denen die Stadtvillen lagen, schienen wie ausgestorben. Aus den Gärten hin-ter den Häusern drangen vereinzelte Stimmen, Kinder-lachen und das monotone Plätschern von Rasensprengern.

Tiffany stupste Johanna mit dem Ellbogen in die Sei-te. »Dahinten det isses, det Jelbe.« Sie lief die Stichstraße entlang zum letzten Haus.

»Kiek ma«, sie zeigte auf die vier Klingelschilder. »Ick dachte, dem jehört det janze Haus. Aber der wohnt ooch bloß inne Wohnung.«

»Aber in eene mit Jarten.« Johanna grinste. »Los, lass ma kieken, ob er da is.« Sie lief die Treppe zur Haustür hoch und schielte in den Flur. »Nüscht zu sehn – vadammt, da kommt eener.« Sie raste die Treppe hinunter, packte Tiffany am Ärmel und zerrte sie hinter einen massigen Van, der am Nebenhaus parkte.

Die Haustür fiel ins Schloss und Emil Reske trat mit Baumwolltasche, Gehstock und einem Briefkuvert in der Hand auf die Straße.

Johanna kicherte leise, bis ihr Tiffany von hinten die Hand auf den Mund legte. »Biste bekloppt?«, zischte sie.

»Aber der sieht voll komisch aus mit den beigen Anzug un den Strohhut.« Johanna kicherte wieder. »Der sieht ja jar nicht so alt aus, wie ick jedacht hab. Un echt voll wien Heiratsschwindler.«

»Sag ick doch. Un wat machen we jetzt?«

»Na rinnjehn.«

»Biste bescheuert? Wenn der uns erwischt …«

»Quatsch, der ist einkoofen. Det dauert bei so alte Leute.« Johanna beugte sich vor und inspizierte die Straße. »Los komm, kiekt grad keener.«

Sie schlichen zur Haustür, doch die war geschlossen.

Tiffany schnaufte erleichtert. »Lass uns abhauen. Is vielleicht ooch besser. Ick will jar nicht dran denken, wat Oma sagt, wenn det rauskommt.«

»Jetzt uffjeben? Nee. Vielleicht jeht's ja vom Jarten aus.« Johanna verschwand hinter dem Haus.

Tiffany blieb unschlüssig auf dem Weg stehen, der an der Längsseite des Hauses zu den Gärten führte. Einen Augenblick später hörte sie Johanna rufen: »Tiffy, komm ma. Ick gloobe, die Verandatür ist nicht janz zu.« Widerwillig setzte Tiffany sich in Bewegung.

Johanna ruckelte an dem Griff der Glastür, die in den Wohn- und Essbereich führte.

»Det hat doch keen Zweck. Du machs bloß noch wat kaputt.«

Tiffany hatte den Satz noch nicht beendet, als die Tür mit einem hässlichen Krachen aufsprang. Das Holz am Rahmen war gesplittert und das Schließblech herausgebrochen.

»Oh Scheiße, Jo. Pass doch uff.«

»Da kann ick nüscht für, det Holz muss schon total morsch jewesen sein.« Johanna schob die Tür weiter auf. »Jetzt komm schon, wo we jetzt schon ma hier sind.«

Sie sahen sich um. Der Tisch war mit einer blassblauen Tischdecke bedeckt. Das Geschirr trug ein Muster aus verschlungenen, dunkelblauen Linien, rechts und links von den Tellern lag schweres Silberbesteck und die Gläser schimmerten im hereinfallenden Sonnenlicht. Königsblaue Kerzen in einem weißen Kandelaber warteten auf ihren Einsatz. In der Mitte der Tafel stand eine kleine Kristallvase mit einem buschigen Strauß Vergissmeinnicht.

»Det ist voll schön, richtig romantisch«, seufzte Johanna.

»Ja, janz toll«, murmelte Tiffany. Sie sah sich um. »Hier jibt's bestimmt wat Interessanteret als son paar olle Teller aufm Tisch.«

»Sag ma, biste eifersüchtig auf deine Oma?« Johanna grinste.

»Quatsch«, fauchte Tiffany. »Aber wenn Oma den jetzte heiratet un hier hinzieht. Vielleicht hat se denn jar keene Zeit mehr für mich un die Kleene.«

»Du bis ja doch eifersüchtig«, feixte Johanna.

»Ach, du kanns mir ma.« Tiffany drehte sich beleidigt weg und marschierte auf einen zierlichen Nussbaumsekretär zu. Einige handgeschriebene Briefe lagen über die Schreibfläche verstreut. Tiffany wühlte halbherzig darin herum, bis ihr Blick auf die Unterschrift fiel. »In Liebe, Emmi« stand da in steilen, spitzen Buchstaben. »Ick fasset nich«, stöhnte sie. »Kiek ma, Jo, die schreiben sich Liebesbriefe.«

Johanna sah Tiffany über die Schulter. »Na und? Is doch voll süß.« Sie griff nach einem der Papierbögen. »Wat ist denn dette?« Sie hielt ihn Tiffany unter die Nase.

Die schob Johannas Hand weg. »Wenn de det so dicht vor meene Neese hälts, kann ick nüscht sehn.« Sie stockte. »Det is- oh Scheiße, ick sag doch, der will Oma kaltmachen.«

»Ich hab dich lieb, aber bevor ich zu alt und allen eine Last werde, will ich in Würde sterben«, lass Johanna laut vor.

»Det ist ne Fälschung. Det würde Oma nie, nie, nie machen. Un so jeschwolln schreiben würd se sowieso nich. Los komm Jo, wir müssen det Dings vonne Lebensversicherung finden un denn Oma warnen.« Hektisch riss Tiffany die Schubfächer des Sekretärs auf.

Johanna warf den Brief zurück zu den anderen und stürzte sich auf ein paar Aktenordner, die ordentlich aufgereiht in einem Regal neben dem Sekretär standen.

»Das sind die beiden, ich erkenne sie genau wieder.« Tiffany und Johanna schraken zusammen und drehten sich beinahe zeitgleich um. In der Tür drängelten sich ein grauhaariger, schlecht rasierter Mann in Jogginghose und Gartenstiefeln, Emil Reske und ein uniformierter Polizeibeamter.

»Raus hier«, brüllte Johanna und stürzte zur Verandatür – direkt in die Arme eines zweiten Polizisten, der »Das war's dann wohl« brummte, als er Johannas Arm griff und auf den Rücken drehte.

»Der will meene Oma umbringen, wir ham Beweise«, kreischte Tiffany und fuchtelte mit dem Finger vor Emil Reskes Gesicht herum.

Der älteste der drei Beamten sah kurz von Tiffany zu dem alten Mann und nickte: »Klar doch. Herr Reske, kennen Sie die junge Frau?«

Tiffanys Stimme überschlug sich fast: »Det is der Lover von meene Oma, der is n Heiratsschwindler.«

»Sie hat keiner gefragt, Sie kommen später dran.« Er wandte sich wieder dem alten Mann zu. »Herr Reske? Kennen Sie …?«

Emil Reske schüttelte den Kopf. »Nein, ich kann mich nicht erinnern. Tut mir leid. Sie kommt mir bekannt vor, aber die jungen Frauen heutzutage sehen irgendwie alle gleich aus.«

»Okay, Zielinski, nehmen Sie die Damen mit. Und wenn Sie nicht auf der Stelle das Geplärre einstellen, dann führ ich Sie in Handschellen ab.«

Tiffany klappte den Mund zu und ließ sich von dem Polizisten zum Einsatzwagen bringen.

*

Oma Krawutkes Herz schlug ein bisschen schneller, als sie mit einer Flasche Rotwein in der Hand vor Emils Tür stand und klingelte. Als sich die Tür öffnete, drang leise Klaviermusik an ihr Ohr und sie schnupperte den holzigen Duft von Emils Rasierwasser.

»Komm doch rein. Ach, das wäre doch nicht nötig gewesen, warte ich nehm sie dir ab.« Emil griff nach der Weinflasche, ließ Oma Krawutke den Vortritt, um die Haustür hinter ihr zu schließen, dann bot er ihr seinen Arm und geleitete sie ins Wohnzimmer.

Oma Krawutke blieb stehen und blickte andächtig auf die in sanftes Kerzenlicht getauchte Tafel.

»Is det aber schön«, flüsterte sie. Sie drückte Emils Arm und schniefte leise.

»Ich möchte, dass dieser Abend etwas ganz Besonderes wird, Emmi«, flüsterte Emil in ihr Ohr. »Komm setz dich.« Er rückte ihr einen Stuhl zurecht. Dann stellte er den Wein auf die Anrichte und nahm eine Flasche Sekt aus einem Kühler.

Oma Krawutke setzte sich, strich ihr neues Kleid glatt und zupfte unauffällig an ihrem Spitzenschlüpfer herum, der ein bisschen zwickte.

»Du trinkst doch einen Schluck?«

Oma Krawutke errötete und schob schnell das Sektglas, das vor ihr auf dem Tisch stand, zu Emil hinüber.

Nachdem Emil eingeschenkt hatte, setzte er sich ihr gegenüber, hob sein Glas und prostete ihr zu. »Auf unsere späte Liebe.«

Oma Krawutke lächelte gerührt. Ihre Hand zitterte ein bisschen, als sie das Glas an den Mund führte.

Emil sah ihr tief in die Augen. »Unsere Liebe wird alles überdauern, auch den Tod. Nichts wird uns mehr trennen.«

Oma Krawutke stutzte kurz, hüstelte leise, dann ein bisschen stärker, bis sie schließlich mit rotem Gesicht und Tränen in den Augen versuchte, trotz des Hustenanfalls den Sekt nicht zu verschütten. Emil sprang auf und klopfte ihr auf den Rücken.

»Lass ma«, keuchte sie und hob abwehrend die Hand, »Jeht schon wieder.« Sie japste. »Na, hätt ja fast jeklappt.«

»Was?«

»Na, det mit die Liebe bis zum Tod.«

»Emmi!«

Oma Krawutke kicherte. Sie nahm noch einen Schluck Sekt, dann stellte sie das Glas ab und warf einen sehnsüchtigen Blick Richtung Küche. »Wie wär's mit Essen, et duftet hier so vaführerisch?«

»Oh ja, natürlich. Gleich kommt der erste Gang.« Emil eilte Richtung Küche davon.

*

Johanna und Tiffany saßen in dem nikotingelb gestrichenen Vernehmungsraum und schwiegen. Auf dem Weg zur Direktion 3 in der Kruppstraße hatten sie vergeblich versucht, den Beamten die Situation zu erklären.

»Das können Sie nachher alles den Kollegen erzählen.« Und ein bisschen später: »Jetzt halten Sie doch endlich die Klappe.« Mehr war aus den beiden Polizisten nicht rauszukriegen.

Tiffany kniff die Lippen zusammen und folgte mit stierem Blick den Bewegungen der Beamten. Der ältere der beiden hatte zum Telefonhörer gegriffen, auf ein paar Tasten getippt und die zuständigen Kollegen von der Kripo in den Vernehmungsraum gebeten. Er lauschte einen Augenblick in den Hörer, dann verzog er das Gesicht: »Wie keiner da? Nee, bei uns gibt's auch Ausfälle wegen Pollen. Meyer und Kaszinski sind krank. Stilke ist auf der Beerdigung seiner Mutter. Römmelsberger und Wutzig sind unterwegs. Und ich hab jetzt sowas von keine Zeit. Vergiss es.« Er knallte den Hörer auf, murmelte »Scheiß Personalpolitik« und warf seinem Kollegen einen finsteren Blick zu. »Kannst die Damen runterbringen, Harry. Das kann dauern. Die Kollegen sind verhindert.«

Als sich die Zellentür hinter den beiden schloss, löste sich Tiffany endlich aus ihrer Erstarrung und begann leise zu weinen.

*

Oma Krawutke nahm die Serviette vom Schoß, faltete sie ordentlich zusammen und legte sie neben den Teller. Als sie sich bequem zurücklehnte, entwischte ihr ein leiser Rülpser.

»Oh.« Sie hielt sich die Hand vor den Mund.

»Das ist doch nicht schlimm. Jedenfalls bist du satt geworden. Magst du noch einen Schluck?« Ohne eine Antwort abzuwarten, füllte Emil die Gläser.

»Ach, is det schön.« Oma Krawutke seufzte. »Een Mann, der nicht nur witzig is un weiß, wat sich jehört, sondern ooch noch kochen kann, auf den hab ick lange jewartet.«

»Aber nicht vergeblich.« Emil zwinkerte ihr neckisch zu, dann setzte er eine ernste Miene auf. »Ich habe lange überlegt, wie ich dir zeigen kann, wie wichtig du mir bist. Ich habe mich schließlich für die beste aller Möglichkeiten entschieden.« Er wühlte mit der rechten Hand in seiner Hosentasche und fischte ein kleines, samtbezogenes Kästchen heraus. Er klappte den Deckel hoch und schob das Kästchen über den Tisch.

Oma Krawutke wurde blass. Mit halb geöffnetem Mund beugte sie sich nach vorn, griff nach dem Kästchen und starrte hinein.

»Aber Emil, ick hab dir doch schon jesagt, dass det …«

Emil legte seine Hand auf ihre. »Ich will dich doch nicht heiraten. Das heißt, ich will schon, aber selbstverständlich respektiere ich deinen Wunsch. Aber ich möchte, dass du ihn als Zeichen unserer Verbundenheit trägst.« Er zwinkerte ihr wieder zu. »Vielleicht kannst du dich ja mit einer immerwährenden Verlobung anfreunden.«

Er stand auf, ging auf sie zu, zog sie hoch und umarmte sie. Dann küsste er sie zart auf den Mund.

Oma Krawutke kniff ihn in den Po. »Du denks, jetz, wo we verlobt sin, kannste dir wat erlauben.«

Emil lachte.

»Na denn los. Oder willste hier Wurzeln schlagen.« Oma Krawutke nahm seine Hand und zog ihn zum Schlafzimmer.

*

Es dauerte rund eine Stunde, bis Tiffany Johannas Schulter nass geheult und sich halbwegs beruhigt hatte. Nun saßen sie still nebeneinander auf der Pritsche.

Tiffany seufzte und Johanna legte ihr den Arm um die Schulter.

»Ick hab keene Ahnung, wat we jetz noch tun können«, sagte sie. »Vielleicht beten, det hilft, sagt meene Tante.«

»Die is ja ooch Nonne, die muss det sagen.«

»Aber vielleicht kommt denn schneller eener, um uns zu vahören. Un denn könn we jehn, ham se doch jesagt.«

»Aber bis dahin is Oma vielleicht tot.« Tiffany schniefte, ihre Stimme drohte wieder zu kippen.

»Aber wir können doch nüscht machn.« Jetzt seufzte auch Johanna, und beide verfielen wieder in bleiernes Schweigen.

*

Oma Krawutke stöhnte leise, als sie sich im Bett aufrichtete und gegen das mit Satin bezogene Daunenkissen lehnte. Ihr Herzschlag beruhigte sich langsam und auch ihren schmerzenden Rücken spürte sie kaum noch. Zärtlich strich ihr Emil über die nackte Schulter und lächelte.

»Was hältst du von einem Gläschen Sekt, Muckelchen?«, fragte er.

Oma Krawutke stöhnte noch einmal, diesmal lauter.

»Ick hab doch schon so viel jetrunken. Aber eens jeht sicher noch.« Sie kicherte. Verliebt sah sie ihm nach, als er sich den Morgenmantel überzog und Richtung Küche davonschlurfte.

Das Bett war kuschelig warm und duftete wunderbar unanständig, und am liebsten hätte Oma Krawutke sich wieder tief in die Decken und Kissen vergraben, aber sie spürte einen Druck in der Blasengegend, der sich nicht ignorieren ließ. Leise stand sie auf und huschte an der offenen Küchentür vorbei in Richtung Toilette. Im Vorbeigehen warf sie einen Blick auf Emil, der mit den Sektgläsern hantierte. Er fing ihren Blick auf, sein Gesicht verfärbte sich tiefrot. Schnell schob er etwas hinter sich.

»Is wat?« Oma Krawutke reckte den Hals, um zu sehen, was Emil hinter seinem Rücken verbarg.

»Nichts, ich hab mich nur erschreckt. Ich dachte, du wärst im Bett.« Emil schob sich noch ein paar Zentimeter weiter vor die Arbeitsplatte.

»Ick muss ma pullern.«

»Ach so.«

»Ick geh denn ma, bevor mir kalt wird.«

Emil nickte. »Ist gut, ich bring gleich den Sekt ans Bett.«

Als Oma Krawutke von der Toilette zurückkam, saß Emil bereits wieder im Bett und hielt zwei Sektkelche in den Händen. Sie krabbelte unter die Decke, und er reichte ihr eines der beiden Gläser. Wie schon zu Beginn des Abends sah er ihr ernst in die Augen, hob sein Glas und sagte: »Möge unsere Liebe ewig währen, bis über den Tod hinaus.«

Diesmal lächelte Oma Krawutke nicht.

*

Tiffany hatte dunkle Ringe unter den Augen, ihre Gesichtsfarbe lag irgendwo zwischen aschgrau und milchiggelb. Johanna sah nur unwesentlich frischer aus. Morgens um sechs hatte sich endlich ein Schlüssel im Schloss der Zellentür gedreht und die beiden waren in einen in grelles Neonlicht getauchten Vernehmungsraum geführt worden. Ein Mann Mitte dreißig, dessen Teint es farblich locker mit den beiden aufnehmen konnte, saß an einem Tisch und rieb sich die Augen.

»Setzten Sie sich. Ihre Personalien sind inzwischen überprüft worden. Bislang sind Sie noch nicht aktenkundig.«

»Natürlich nich, wat denken Sie denn?«, fuhr Johanna ihn an.

»Mit dem Ton kommen wir hier nicht weiter.«

»Wir komm hier überhaupt nich weiter. Meene Oma is vielleicht schon tot un Sie machen nüscht.« Tiffany hatte wieder Tränen in den Augen.

»Wie bitte?«

»Der will doch meene Oma umbringen, wir ham doch die Briefe jefunden.«

»Was für Briefe? Bitte von Anfang an.«

Eine Viertelstunde später bellte der Mann Anweisungen in ein Telefon, sprang auf und lief zur Tür, dicht gefolgt von Tiffany und Johanna.

95

»Zielinski, schicken Sie nen Krankenwagen in die Lützowstraße«, rief er dem Beamten zu, der abseits an der Wand gestanden hatte, dann war er auch schon den Flur hinuntergestürmt und um die nächste Ecke verschwunden.

*

Tiffany drängte zusammen mit den Sanitätern und der Polizei in das kleine Schlafzimmer. Emil lag auf dem Rücken im Bett, seine offenen Augen starrten an die Decke. Der rechte Arm hing über die Bettkante herab bis zum Boden. Auch Oma Krawutke lag auf dem Rücken, die Bettdecke beinahe bis zum Kinn hochgezogen, ihre Augen waren geschlossen, die bläulichen Lippen leicht geöffnet, als wollte sie etwas sagen.

»Oma«, schluchzte Tiffany. Sie versetzte dem Beamten, der sie festzuhalten versuchte, einen Stoß und stürzte auf den leblosen Körper ihrer Uroma zu. Weinend schlang sie die Arme um die alte Frau.

Oma Krawutke grunzte.

Für einen Moment schien die Szenerie zu erstarren, dann wurde Tiffany weggezerrt, eine Notärztin beugte sich über Oma Krawutke und zog an der Bettdecke.

»Pfoten weg, doch nich vor die janzen Männer«, krächzte eine leise Stimme. Oma Krawutke schob matt die Hand der Ärztin von der Decke. Sie versuchte sich aufzurichten, sank aber zurück in die Kissen.

»Bitte lassen Sie sich von mir untersuchen«, sagte die Ärztin sanft.

»Mir fehlt nüscht«, murmelte Oma Krawutke, ließ sich aber von der Ärztin helfen, sich aufzusetzen. Sie vermied den Blick auf die andere Seite des Bettes. »Tiffy, Kleene, komm ma zu Oma.« Sie streckte ihre Hand aus. Tiffany stand auf, setzte sich neben Oma Krawutke auf das Bett und nahm sie in den Arm. »Oma, der wollte dich umbringen«, flüsterte sie.

»Ick weeß.«

»Aber wieso denn?« Eine Träne kullerte über Tiffanys Wange.

»Ach Kindchen, wenn de so alt bis wie icke, denn vastehste det. Er war doch so alleene, un denn ham se ihm jesagt, det er dement wird. Ick gloobe, det wollta nich mehr erleben.« Oma Krawutke seufzte tonlos. »Aber ick bin noch nich so weit. Un wo ick auf Klo bin, hab ick jesehn, wie er wat innen Sekt jetan hat. Da war mir allet klar. Aber ick kann doch meene Tiffy nich alleene lassen, un da hab ick den Sekt heimlich ausjespuckt.« Sie sah zu der Ärztin hoch: »Un Emil, issa tot?«

Die Ärztin nickte stumm.

Leise fing Oma Krawutke an zu weinen.

Rache ist süß

Aus dem Gastraum drangen nur gelegentliche Gesprächsfetzen durch die Durchreiche in die Küche. Ein paar Möbelpacker, die in der Biesdorfer Baude zu Mittag aßen, lamentierten über die Arbeit, die Steuern und das letzte Spiel von Hertha BSC. Gelegentlich hörte Kevin noch ein Zischen, wenn seine Mutter am Tresen ein neues Bier zapfte. Das Mittagsgeschäft war schlecht gewesen, und er rührte lustlos in der Soße für das Tagesgericht – Königsberger Klopse. Er warf einen Blick auf die Uhr. Noch drei Stunden, dann hatte er Feierabend. Er überlegte gerade, ob er Tiffany anrufen sollte, um sich mit ihr zu verabreden, als er das Splittern von Glas hörte.

»Det is nich wahr. Ick gloob, ick träume. Un zwar n fetter Alptraum.« Die Stimme seiner Mutter klang so schrill wie damals, als er ihr mit sechzehn gebeichtet hatte, dass Tiffany von ihm schwanger wäre und er zu ihr ziehen würde.

Leise schlich er zur Durchreiche und lugte um die Ecke. Eine blasse, ältliche Blondine in einem Kostüm, mit dem sie in der Biesdorfer Baude eindeutig overdressed war, hatte sich an den Tisch neben der Heizung gesetzt. Sie wollte etwas sagen, aber Kevins Mutter schnitt ihr das Wort ab.

»Siehste da draußen irjendwo n Schild: ›Det is ne Kneipe für Arschlöcher?‹«

Die Möbelpacker waren verstummt und drehten sich neugierig zu den beiden Frauen um.

»Ich möchte Frieden schließen, Katharina. Ich bin extra aus Stuttgart gekommen.«

»Haste aba vadammt lange für jebraucht. Zwanzig Jahre. Biste jeloofen oder wat?« Katharina Repka drehte sich um und sah zu ihrem Sohn. »Kevin, feg ma die Scherben weg.« Sie deutete mit einem Nicken Richtung Tresen, dann marschierte sie zum Tisch der Möbelpacker und griff die leeren Biergläser.

»Noch eens?« Ihre Stimme duldete keinen Widerspruch, und die Männer grinsten verlegen.

Kevin holte Kehrblech und Besen aus der Abstellkammer und fegte die Reste des Bierglases, das seiner Mutter offenbar aus der Hand geglitten war, zusammen.

Gerade als er sich wieder in die Küche verdrücken wollte, hörte er die Blondine: »Du bist Katharinas Sohn?« Es war mehr eine Feststellung als eine Frage, und Kevin nickte.

»Lass Kevin in Ruhe«, fauchte Katharina Repka hinter dem Tresen.

Die Blondine ignorierte sie. »Ich bin deine Tante Petra. Petra Wimmer.«

Kevin starrte die Frau an. Erst jetzt sah er die Ähnlichkeit zwischen seiner Mutter und ihr.

»Mama«, stammelte er und schob schnell ein »mia« hinterher.

»Kiek nich so blöde, jeh inne Küche arbeiten.«

»Katharina, lass ihn doch. Für ihn ist das sicher auch nicht einfach.«

»Det könn we janz schnell wieder einfach machen. Kiek ma da, wo der Maurer det Loch inne Wand jelassen hat.« Sie zeigte Richtung Tür.

Kevins Tante seufzte leise. »Kann ich wenigstens noch was essen, bevor ich wieder gehe. Ich bin seit heute Morgen um sechs unterwegs. Ich zahle selbstverständlich auch.«

»Ick hab Königsberjer Klopse jemacht. Da könnt ick Ihnen wat bringen.« Kevin war froh, irgendetwas sagen zu können.

»Sag doch Du zu mir. Wir sind ja schließlich verwandt.« Petra Wimmer lächelte. »Hättest du noch eine Suppe vorweg?«

»Gierig warste schon immer.« Katharina Repka knallte die frisch gezapften Biere auf ein Tablett.

»Wir hätten noch Rindsbouillon mit Eierstich. Ick jeh denn ma inne Küche.«

Kevin entsorgte die Scherben in den Mülleimer und stellte eine Suppentasse mit Bouillon in die Mikrowelle. Dann lehnte er sich matt gegen den Kühlschrank und holte tief Luft. »Mannomannomannomann. Voll krass«, murmelte er leise. Er liebäugelte kurz mit der Idee, durch die Hintertür zu verschwinden. Die Mikrowelle gab ein leises Pling von sich, Kevin seufzte theatralisch, dann nahm er die Suppenschale, stellte sie auf eine Untertasse und brachte sie in den Gastraum.

»Hat Katharina dir eigentlich erzählt, dass dein Vater mein Ex-Mann ist?«

Kevin rutschte beinahe die Suppe aus der Hand. Mit lautem Scheppern krachte die Tasse auf den Tisch, die Bouillon schwappte über den Rand und hinterließ einen fettigen Fleck auf der blauweiß karierten Tischdecke.

»Die Betonung liegt uff Ex!« Kevins Mutter stand wieder hinter dem Tresen und malträtierte die Edelstahlspüle mit einem Küchenhandtuch. »Det Ex konnt er besonders jut. Kaum war ick mit dir schwanger un die Mauer war jefallen, konnste aber kieken, wie schnell der nach drüben jemacht hat. Da haste nur noch n Kondensstreifen jesehn un det war's.«

Petra Wimmer hatte die Suppe ausgelöffelt und schob Kevin die leere Tasse hin.

Kevin rührte sich nicht. Wenn die Rede auf seinen Vater kam, schwieg seine sonst dauerquatschende Mutter wie ein Grab.

»Könntest du dann die Klopse bringen.« Petra Wimmer versetzte der Suppentasse noch einen demonstrativen Schups in Kevins Richtung.

Kevin griff die Tasse und spurtete in die Küche. Zwei Minuten später war er mit einem Teller lauwarmer Klopse und Salzkartoffeln zurück.

Seine Mutter hatte aufgehört, den Edelstahl zu polieren. Jetzt krallte sie sich mit einer Hand in das Geschirrtuch, mit der anderen stützte sie sich auf und beugte sich über den Tresen. »Un wejen die Pfeife hetzte mir die Stasi uffn Hals.«

»Ich hab dir damals schon gesagt, dass ich das nicht war.« Petra Wimmer sah kurz auf, als Kevin den Teller vor ihr auf dem Tisch abstellte. »Danke. Als Nachtisch nehm ich noch Rote Grütze, mit Vanillesoße, nicht mit Sahne.«

Kevins Mutter beugte sich noch weiter vor. Beinahe wäre sie mit einem vollen Aschenbecher kollidiert. Kevin schob ihn schnell ein Stück zur Seite.

»Ach nee. Die konnten zwar ne janze Menge bei de Stasi, aber von hellsehn wüsst ick jetzt nüscht. Un außer dir war damals bloß noch Willi Kruschke hier. Un der war taub wie ne Nuss.«

»Du glaubst das wirklich, ja?«

»Ja, is echt kaum zu glooben, dass meine eijene Schwester mir vapfeift, da haste Recht.«

»Und deshalb hast du mich hier unmöglich gemacht.«

Kevin hatte einen Moment das Gefühl, als läge Hass in dem Blick, den Petra seiner Mutter zuwarf. Aber seine Tante fing sich schnell wieder.

»Egal. Ich bin schließlich nicht hergekommen, um die alten Sachen wieder aufs Tapet zu bringen, sondern um mich mit dir auszusprechen.«

»Da jibt's nüscht auszusprechen. Wenn de beichten wills, jeh inne Kirche. Die nehm jeden Idioten. Ick hab jesagt, wat zu sagen war.« Katharina pfefferte das Geschirrtuch ins Spülbecken, drehte sich um und stieß die Schwingtür zur Küche auf.

Eine halbe Minute später hörte Kevin die Tür zum Hof knallen. Er rannte in die Küche, aber seine Mutter war nicht mehr da. »Na klasse«, murmelte er, dann holte er den Plastikeimer mit Roter Grütze aus dem Kühlschrank, klatschte eine Portion in ein Dessertschälchen und goss Vanillesoße darüber. Hoffentlich regte sich seine Mutter bald wieder ab. Mit der Laune war sie unerträglich. Er überlegte kurz, ob er Tiffany anrufen und fragen sollte, ob er ein paar Tage bei ihr pennen könnte, verwarf den Gedanken aber schnell wieder. Wahrscheinlich würden sie sich schon am ersten Abend zoffen. Er starrte auf die Vanillesoße, die langsam in die Grütze sickerte. Am besten wurde er diese Petra Wimmer so schnell wie möglich los. Tante hin oder her, solange die in der Baude saß, würde sich die Laune seiner Mutter nicht mehr bessern.

Petra Wimmer hatte das Dessertschälchen noch nicht einmal zur Hälfte geleert, als sie zu röcheln und krampfen begann. Ihr käsiges Gesicht verfärbte sich erst rosa, dann grau. Als der Notarzt eintraf, atmete sie nicht mehr. Der Arzt, der trotz seiner Solariumsbräune müde und gestresst wirkte, sah den Sanitäter, der neben ihm bei der toten Petra Wimmer kniete, kurz an, dann griff er in seine Jackentasche, zog ein Handy hervor und wählte die Nummer der Polizei.

Kevin lehnte am Tresen und spürte sein Herz heftig klopfen. Ihm war schwindelig und als er sich mit seiner Schürze den Schweiß vom Gesicht wischte, zitterte seine Hand.

*

»Dass Sie hier aufkreuzen, hätte ich mir ja denken können.« Kommissar Brinkheim warf Oma Krawutke einen finsteren Blick zu, aber seine Stimme klang eher resigniert als abweisend.

»Dürfn we rinnkomm?« Oma Krawutke wartete Kommissar Brinkheims Antwort nicht ab, sondern betrat entschlossen die Biesdorfer Baude.

»Tun Sie, was Sie nicht lassen können. Der Tatort ist wieder freigegeben.«

»Watn fürn Tatort?« Tiffany stieß mit einem Buggy die Tür zum Gastraum weit auf, ihre vierjährige Tochter Sarah Michelle hinter sich herzerrend. »Ick denk, die hatte n Herzkasper.«

»Die glooben, ick hab meene Tante umjebracht.« Kevin sah immer noch blass aus. Seine Augen waren rot und verquollen. »Die is vajiftet wordn, sagt der Kommissar.«

»Aba nachweisn könn se ihm nüscht, sonst hättense n ja schon längs mitjenommen.« Katharina Repka legte den Arm um die Schulter ihres Sohnes. »Die Schweine gloobn, Kevin könnt wen umbringen.«

»Quatsch. Kevin kriegt ja schon n Anfall, wenna ne Spinne plattmachen soll.« Tiffanys Freundin Jo ließ sich auf einen der rustikalen Kiefernstühle plumpsen.

»Papi«, quietschte Sarah Michelle und rannte mit ausgebreiteten Armen an ihrer Mutter vorbei auf Kevin zu.

»Sie sind sich ja offenbar alle einig.« Brinkheim schnaubte. »Ich bin mir sicher, wir sprechen uns noch, Herr Repka.« Grußlos verließ der Kommissar die Baude. Dass Sarah Michelle ihm die Zunge rausstreckte, sah er nicht mehr.

»Mach uns ma n Kaffee, Jo. Un denn erzählt ihr beeden, wat jetz eijentlich los is. Nu mach schon, Jo.« Oma Krawutke stupste Johanna sanft mit dem Gehstock in die Seite.

Jo erhob sich murrend, aber ihr Protest war kaum mehr als ein Gemurmel.

Etliche Kaffee später waren Oma Krawutke, Tiffany und Jo im Bilde über die mittäglichen Ereignisse in der Biedsorfer Baude.

»Mann, det stell ick mir ja voll megakrass vor, wie die da so am rumkrampfen war. Det muss ja echt der Megahammer jewesen sein für dich.« Jo sah Kevin mitfühlend an. Der schluckte und zuckte mit den Schultern.

»Da haste noch ne Weile Spaß. Ick hatte noch Jahre Alpträume, als der Krieg vorbei war.« Oma Krawutke tätschelte Kevins Hand. »Aber so janz klar ist mir nich, wat da zwischen euch beede jeloofen is.« Sie sah Katharina Repka fragend an.

»Det war sowat vonne Sauerei. Meene eijene Schwester spitzelt in ihre Familie für de Stasi.« Katharina Repka schnaufte laut.

»Andererseits bist du mit deiner Schwester ihr Mann ins Bette«, warf Jo leise ein.

»Det war een Mal. Un det ick schwanger jeworden bin, war ebent Pech. Det Mondos is jerissen.«

»Hä?«, machten Tiffany und Jo gleichzeitig.

»Der Jummi. Ejal. Der Typ war ja ooch schnell jenuch weg, nachdem ick ihm jesagt hab, ick behalt det Baby. Un meene Schwester war stinksauer. Dabei sollte se froh sein, dass se die Pappnase los jeworden is. Jedenfalls, det war ja kurz vor de Wende, ick sitze mit meene Schwester – da hatte die noch keene Ahnung von mir un ihrem Alten – inne Baude und ick sag zu ihr – ›det war's mitm real existierenden Sozialismus. Det is nur noch ne Frage von Wochen, denn jeht det Jespenst des Sozialismus hier nich mehr um. Denn hab ick endlich meene Ruhe.‹ Ick war ja eene von die wenijen, dien eijenet Jeschäft hatten.« Stolz schwang in Katharinas Stimme. »Un denn n paar Tage, nachdem Petra det mit mir un ihrn Mann spitzjekricht hat, kommen die Pfeifen vom Jesundheitsamt und im Schlepptau ham se sone Pappnase mit Stoffhose un Bundjacke un janz artijen

Seitenscheitel. Nachtijall ick hör dir trapsen. Ick hab mir ja schon immer jefragt, für wie blöd die uns bei de Stasi eijentlich halten. Aba ejal. Während die Jungs vom Jesundheitsamt sich inne Küche rumdrücken, kramt der vonne Stasi hinterm Tresen rum. Sagt nüscht, keen Mucks. Nur zum Abschied lässt er janz nebenbei fallen: ›Sie sollten besser aufpassen, wem Sie was erzählen. Die Deutsche Demokratische Republik ist nicht am Ende.‹« Katharina rührte im inzwischen kalten Kaffee. »Un denn kiekt der mir an un sagt: ›Wir prüfen genau, ob Sie in der Lage sind, ein Kind zu einer allseitig entwickelten sozialistischen Persönlichkeit zu erziehen.‹« Katharina schluckte. »Die wollten mir Kevin wegnehmen. Dabei wara ja noch jar nich uffe Welt. Un det hat meene Schwester bloß aus Rache jemacht. Die Baude, det wär schon schlimm jenuch jewesen, aba Kevin …«

»Das klingt mir sehr nach einem Motiv.« Niemand hatte bemerkt, dass Kommissar Brinkheim die Baude betreten hatte. Ihm folgten zwei Beamte in Uniform.

»Wat machen Sie denn schon wieda hier?«, fragte Katharina Repka pampig.

Oma Krawutke sah auf ihre Armbanduhr. »Is gleich Mitternacht, da treiben janz finstre Jestalten ihr Unwesen.«

»Danke für die Blumen. Ich dachte, es interessiert Sie, Frau Repka, dass Ihre Schwester in höchstens ein, zwei Monaten gestorben wäre. Sie litt an akuter myeloischer Leukämie.« Brinkheim hatte Mühe, die Worte auszusprechen, aber er kämpfte tapfer mit »myeloisch« und gewann.

Fünf Augenpaare starrten ihn an. Sarah Michelle malte ungerührt mit einem Kuli Kringel auf die Tischdecke.

»Hä?«, fragte Katharina Repka schließlich.

»Eine sehr seltene Form der Leukämie. Ihre Schwester hat als Ingenieurin in der chemischen Industrie gearbeitet. Sie war ja deutlich älter als Sie …«

»Fuffzehn Jahre«, brummte Katharina Repka.

»…und arbeitete in der DDR als Chemikerin in einem Betrieb des Kombinats Farben und Lacke.«

»Wat Se nich sagen.« Katharina Repka verschränkte die Arme vor der Brust und kaute an ihrer Unterlippe.

Brinkheim ließ sich nicht beeindrucken. »Offenbar kam sie dort mit Benzol in Berührung. Das war wohl der Grund für ihre Erkrankung.«

»Ja und? Wat solln det jetze? Isse anne Leukämie jestorben oder wat?« Kevin schob seine Tochter vom Schoß, die ihm vors Schienbein trat und zu ihrer Mutter flüchtete.

»Nein, Ihre Tante wurde mit Kaliumcyanid vergiftet – in der Roten Grütze.« Brinkheim trat einen Schritt auf Kevin zu. »Das ist auch der Grund, warum ich Sie jetzt bitte mitzukommen.«

»Sie vahaften Kevin?« Tiffany war aufgesprungen und stellte sich vor ihren Ex-Freund.

»Ich möchte ihn lediglich noch einmal ohne Publikum befragen.« Brinkheim umrundete Tiffany, der es die Sprache verschlug. »Darf ich bitten, junger Mann.«

Kevin rührte sich nicht. »Wat glooben Sie eijentlich, wo ick son Kalidingszeug herhab?«

»Das werden wir noch klären. Nun kommen Sie schon.« Brinkheim stand jetzt unmittelbar vor Kevin, und auch die beiden Uniformierten waren bedrohlich nahe gekommen.

Oma Krawutke legte Kevin die Hand auf den Arm. »Jeh mit den netten Herrn mit, Kevin«, sagte sie spitz, »wir pauken dir da wieder raus. Kannste dir druff valassen.«

Kevin erhob sich langsam und folgte den drei Beamten nach draußen.

»Warum nimmt der Polizist Papa mit?« Sarah Michelle verzog das Gesicht.

Tiffany strich ihrer Tochter über das Haar. »Weil der n Idiot ist.«

»Papa?«

»Nee, der Polizist. Aber lass ma, Püppi, wir kriegen det schon wieder hin.« Tiffany klang allerdings nicht sehr zuversichtlich, als sie das sagte.

»Ick brauch jetze ers ma n Schnaps.« Oma Krawutke sah Katharina Repka an, aber die rührte sich nicht, sondern starrte immer noch auf die Tür, die hinter den vier Männern ins Schloss gefallen war. Oma Krawutke stemmte sich von ihrem Stuhl hoch und schlurfte hinter den Tresen, um vier Gläser *Wurzelpeter* einzugießen.

»Det kann nich sein. Det würde Kevin nie machen.«
Katharina Repka hatte ihren Blick von der Tür gelöst
und schüttelt den Kopf.

»Was würde Papa nich machen?« Sarah Michelle sah
verwirrt zu ihrer Großmutter.

»Nüscht, meene Kleene, nüscht würd er machen.«

Mechanisch griff Katharina Repka nach dem
Schnapsglas, das Oma Krawutke ihr hingestellt hatte,
und goss den Magenbitter hinunter. Sie schüttelte sich,
dann knallte sie das Glas auf den Kieferntisch. »Det war
nich Kevin.«

»Aber wer dann, war doch sonst keener inne Nähe.«
Als Antwort fing sich Jo einen finsteren Blick von Katharina Repka ein.

»Vielleicht war se et ja selber, wo se doch so krank
war.« Tiffany stellte das Glas ab, an dem sie nur genippt
hatte.

»Un wieso?«, fragte Jo.

»Na aus Rache.«

Jo schüttelte den Kopf. »Quatsch, die hat ihr doch
schon die Stasi uffn Hals jehetzt. Det is ja wohl Rache
jenuch.«

Oma Krawutke sah auf. »War da vielleicht noch wat,
wat de noch nich erzählt has?« Sie sah Katharina Repka
scharf an.

»Na ja«, Katharina druckste herum.

»Wat na ja?« Oma Krawutke ließ nicht locker.

»Na ja«, sagte Katharina leise, »wie dann die Mauer
weg war, da wollts ja plötzlich keener mehr jewesen

sein. Un Petra tat wie die Unschuld vom Lande. Stasi – iih, icke doch nich un so. Da hab ick halt ma son paar ausse Familie un vonne Nachbarn jesteckt, wat jeloofen is hier mit de Stasi. Un denn hat se ziemlich schnell ihre Sachen packen müssen. Is nach Bayern oder so. Weil hier wollt keener mehr wat mit ihr zu tun ham.«

»Dass die stinkig war, is aba denn ooch keen Wunder«, stellte Tiffany fest.

»Was is n Wunder, Mama?«

»Wenn du ma n Schnabel häls.«

Sarah Michelle schob die Unterlippe vor und murmelte. »Du bis jemein, Mama.«

Jo streckte ihr die Hand hin. »Komm, ick weeß, wo et Eis is. Willste eens?« Sarah Michelle nickte, hüpfte vom Schoß ihrer Mutter und folgte Johanna in die Küche.

»Det war keen feiner Zug von dir, se anzuschwärzen.« Oma Krawutke hatte die Flasche vom Tresen geholt und schenkte nun nach.

»Aba wenns doch die Wahrheit is.« Katharina leerte auch das zweite Glas in einem Zug.

»Un wenn nich?«, fragte Tiffany, die aufgestanden war, um ihr eingeschlafenes Bein zum Aufwachen zu überreden.

»Wat meinste denn damit?«

»Na ja, Kevin hat doch jesagt, die hätt die janze Zeit bestritten, dasse für de Stasi jearbeitet hat.«

»Det bestreiten doch alle, die IM warn.«

»Kann ja sein, aber wenn de dir irrst, denn hätte die doch nen junten Grund, dir so inne Scheiße zu reiten.«

»Jenau«, bestätigte Jo. »Wahrscheinlich hat se jedacht, wenn se sich inne Baude umbringt, glooben die Bullen, du warst dette. Un dann jehste in Knast. Denn hat se dir det Leben jenauso vasaut wie du ihr.«

»Du spinnst.« Wütend griff Katharina Repka nach der Schnapsflasche.

»Un wenn nich?« Tiffany setzte sich und zog Sarah Michelle, die inzwischen mit einem Eis bewaffnet aus der Küche zurückgekehrt war, wieder auf ihren Schoß.

»Haste dir denn nie deine Akte anjekiekt?« Oma Krawutke sah Katharina überrascht an.

»Nee. Ick will nich wissen, wer mir allet bespitzelt hat.«

»Wenn man da jetz rinkieken will, det dauert wahrscheinlich lange, bis de da ne Jenehmijung kriegst.« Auch Jo hatte sich wieder gesetzt und knabberte zufrieden den Schokoladenmantel von einem *Magnum Mandel*.

»Keene Ahnung, kann schon sein.«

»Wer könnte det denn wissen?«, fragte Oma Krawukte. »Wer war denn mit euch beede eng damals?«

Katharina errötete.

»Kevins Vater«, antwortete Tiffany für sie.

Oma Krawutke benötigte genau drei Minuten, bis Katharina Repka zugab, die Nummer von Kevins Vater zu haben. Aber sie schwor auf ihre Großmutter und Margot Honeckers Frisör, dass sie ihn seit der Wende nicht mehr gesprochen habe. Und – bekräftigte sie, nachdem sie den dritten *Wurzelpeter* vernichtet hatte – sie habe auch nicht vor, das zu ändern.

Oma Krawutke ließ sich von Johanna das Telefon vom Tresen bringen und wählte die Nummer. Sie stellte sich kurz vor und erklärte, worum es ging. Dann nickte sie, machte ein paar Mal »hm« und »aha«, schließlich sagte sie noch »Danke« und legte auf.

»Un wat is jetze? Sag schon«, drängelte Tiffany.

»Micha Wimmer hat, janz im Jejensatz zu dir«, Oma Krawutke sah Katharina tadelnd an, »sofort nache Wende Akteneinsicht jenommen. Un Petra is unschuldig wien neujebornet Baby – jedenfalls wat die Stasi anjeht.«

»Nee«, Katharina schlug auf den Tisch, dass die Tassen und Gläser hochhüpften, »det kann nich sein.« Ihre Augen schimmerten feucht.

»Sagt dir der Name Kruschke wat?«, fragte Oma Krawutke.

»Klar, det war son alter Penner, der hier immer rumjehangen hat. Jehörte schon fast zum Inventar. Der hat aba nüscht mehr jehört, total taub.«

»Det is n Irrtum. Det war allet nur jespielt. Der hat den janzen lieben Tag nüscht anderet jemacht, als dir un deine Jäste zu bespitzeln.«

»Deswejen war der nache Wende so plötzlich vaschwunden.« Katharina griff nach der inzwischen reichlich geleerten Flasche Wurzelpeter und goss sich nach.

»Det haste janz schön vakackt, wa?« Tiffany packte Sarah Michelle, der inzwischen immer wieder die Augen zufielen, in ihren Buggy und deckte sie mit Jos Jacke zu.

»Hm«, brummte Katharina und leerte das Schnapsglas zum vierten Mal an diesem Abend.

»Aba wenn Kevins Tante sich selbst umjebracht hat, muss se det Jift ja irjendwie inne Grütze jekippt ham. Un wenn se det Fläschchen oder wat ooch immer bei sich jehabt hätte, denn wüssten die Bullen ja, dass se det selbst war.«

»Da sagste wat, Jo«, meinte Oma Krawutke anerkennend. »Also uff de Knie Mädels un nach wat jesucht, wo se det Jift drin jehabt hat.«

»Ick würd da vorne anfangen, wo se jesessen hat.« Tiffany stand auf und schob den Tisch an der Heizung beiseite.

Jo folgte ihr. »Hasse ma ne Taschenlampe?«

Jo kniete sich hin und leuchtete mit der Lampe, die Katharina ihr gebracht hatte, unter die Heizung. »Hier is nüscht. Hätt mich ooch jewundert. So doof sin die Bullen nich.«

»Sind se doch. Jib ma die Lampe.« Tiffany rupfte ihrer Freundin die Taschenlampe aus der Hand und leuchtete zwischen die Rippen des Heizkörpers. »Da hängt wat uffe Tapete.«

»Wat für ne Tapete.« Oma Krawutke versuchte einen Blick zu erhaschen, konnte sich aber nicht bücken.

»Da regnets rein. Aber ick hab keen Jeld, det machen zu lassen. Un solang det hinter de Heizung is, siehts ja keener. Da hat sich bloß die Tapete hochjerollt«, erklärte Katharina. »Zeig ma. Da liegt tatsächlich wat uffe Tapete. Soll ick ma vasuchen, ob ick da rankomm.«

»Bloß nich«, riefen Jo und Tiffany gleichzeitig.

»Kiekste keen CSI? Da vanichteste wichtije Spuren, wenn de det da rausfischst. Da sin bestimmt die Fingerabdrücke von deine Schwester dranne.« Tiffany war ganz aufgeregt.

»Un die DNS«, ergänzte Jo. »Am besten rufste den Brinkheim an, Oma. Der soll mit sein Tatortteam kommen un die Beweise sichern.«

*

Sarah Michelle quietschte vergnügt, während sie das Eis ihres extra großen Eisbechers zermatschte. Das Tischtuch und ihr T-Shirt waren bereits rot-weiß-braun gesprenkelt. Aber weder Tiffany, noch Jo, Katharina oder Oma Krawutke achteten darauf.

»Mann, det ihr mir da so schnell raushaut, hätt ick nich jedacht. Uff euch is echt Valass.« Kevin fühlte sich immer noch schlecht, wenn er an die Polizei dachte.

»Ja, apropos Valass. Du weeßt, det de die Kleene nächsten Sonntag hast.« Tiffany sah ihren Ex-Freund scharf an.

»Det is blöd. Da is mein freiet Wochenende.« Kevin vermied es, Tiffany anzusehen.

»Ja und?« Tiffany wurde lauter, und Sarah Michelle sah erschreckt von ihrem Eis hoch.

»Ick fahr da nach Köln.«

»Wat willste denn da?«

»Mein Vatta besuchen.«

Für einen Moment war es still in der Biesdorfer Baude, dann tobte Katharina los. »Spinnste jetzt komplett. Der Arsch hat sich zwanzig Jahre nich jemeldet, un jetzt uff eenmal machta hier uff Vatta und Sohn oder wat.«

»Ick finde, det is janz alleene meine Sache. Schließlich haste mir zwanzig Jahre nüscht jesagt von mein Vatta. Da muss ers meene Tante tot vom Stuhl kippen, det de damit rausrückst. Ick fahre. Punkt.« Kevin verschränkte die Arme vor der Brust und schob trotzig die Unterlippe vor.

Oma Krawutke nickte. »Also ick finde: wo der Junge Recht hat, hatta Recht.«

Zeichen

»Maaamiii!« Sarah Micheles Stimme vibrierte irgendwo zwischen dem hohen und einem noch deutlich höheren C.

»Nüscht Mami. Jetz is Papi.« Tiffany warf Kevin einen auffordernden Blick zu. »Jo un icke jehn jetze nämlich schoppen.« Tiffany löste die Arme ihrer vierjährigen Tochter von ihrem nackten Oberschenkel und schob das Kind zu seinem Vater.

»Is ja jut.« Kevin stellte seinen Cocktail neben die Liege auf den Boden und reichte seiner Tochter eine Hand. »Lass die Weiba schoppen jehn, Kleene. Wir machen jetz ne Riesensause in n Tropino Kinderclub. Da kannste mit Bälle uff andre Kinder schießen.«

»Krieg ick ooch n Eis?« Aufgeregt zerrte Sarah Michele an Kevins Hand.

»Klar, ooch zwee, wenn de wills.«

Sarah Michele streckte ihrer Mutter die Zunge raus, dann hüpfte sie neben ihrem Vater her in Richtung Tropino-Club.

»Mann, zwei Stunden Ruhe un Frieden.« Tiffany seufzte laut und zupfte das Oberteil ihres Bikinis zurecht. »Willste echt nich mit, Oma?«

Oma Krawutke hob kurz den Kopf. »Nee, ick hab det hier doch richtig jemütlich.« Demonstrativ räkelte sie sich auf ihrer Liege. »Ick lass mir die nich vorhandene Sonne uffn Pelz brennen un informier mir, wat Prinzessin Caroline so treibt.« Sie tippte auf die *Gala*, die aufgeschlagen auf ihrem Bauch lag. »Vielleicht jeh ick ja nachher noch inne Sauna.«

Tiffany starrte ihre Oma entsetzt an, und Jo, die die Debatte bisher teilnahmslos verfolgt hatte, verzog das Gesicht.

Oma Krawutke kicherte. »Keene Sorje, ick warte, bis ihr wieda da seid.« Dann griff sie nach Kevins fast vollem Cocktailglas, saugte an dem Strohhalm und vertiefte sich in ihre Zeitschrift.

»Los Jo, ick gloobe, wir sin hier nich mehr erwünscht.« Tiffany zog ihre Freundin von der Liege hoch, kontrollierte noch ein letztes Mal den Sitz ihres Bikinis und stapfte los.

»Hey, warte. Ick muss mir erst wat anziehn.«

Stöhnend blieb Tiffany stehen. »Siehs doch jut aus, Jo.«

»Nee, so halb nackig renn ick hier doch nich durch die Jegend. Ick hab drei Kilo zujenommen. Det sieht voll Scheiße aus.« Jo kramte hektisch in ihrer Badetasche.

»Quatsch, du siehs aus wie immer.«

»Danke aba ooch. Ick seh also immer so fett aus oder wie?« Jo fischte einen pink gemusterten Pareo aus der Tasche und band ihn sich um die Hüften.

»Könn we jetze?« Tiffany wippte ungeduldig mit dem Fuß.

»Ick komm ja schon.« Jo schlüpfte in ihre Flipflops und schlappte hinter Tiffany hier.

»Klamotten ham die hier aba keene dollen.« Achtlos hängte Tiffany ein Hawaiihemd zurück an den Ständer.

»Du bis hier ja ooch nich inne Friedrichstraße, sondern in't Tropical Islands.« Jo grinste. »Kiek ma, wie findsten dette?« Sie hielt sich einen orangefarbenen Pareo vor das Dekolleté.

»Au, det schmerzt. Ick werd noch voll blind, wenn de det Orange weiter an dein rosa Fummel häls.« Tiffany fischte nach dem Pareo und warf ihn, verfolgt von den vorwurfsvollen Blicken der Verkäuferin, auf einen Verkaufstisch mit Badelatschen. Durch den offenen Durchgang der Bambushütte schlenderte sie zum nächsten Laden.

Sie ließ ihre Finger durch ein Kästchen mit Ringen aus Halbedelsteinen gleiten. Kühl fühlten sie sich an, trotz der Wärme. Ihre Hand wanderte weiter zu Lederbändern mit Muschelanhängern in verschiedenen Farben. Als sie nach einem Ohrring greifen wollte, drückte ihr jemand ein Stück Stoff in die Hand – pink.

»Schenk ick dir.« Jo strahlte. Sie trug den Pareo, den Tiffany auf den Verkaufstresen geworfen hatte. Ihren alten hatte sie Tiffany in die Hand gedrückt. »Steht dir sowieso viel besser mit deine pinken Strähnen.«

Unwillkürlich strich sich Tiffany durchs Haar. »Meinste?«

Wie zwei gekochte Hummer auf Brautschau strebten Tiffany und Jo mit rosa und orange gewandeten wackelnden Hüften auf das große Bali-Tor zu, das den Shopping-Boulevard vom tropischen Dorf mit seinen Restaurants und Bars trennte.

»Mann, riecht det jut. Ick hab jetzt janz schön Kohldampf.« Jo hatte ihre Nase in die Luft gereckt und Witterung aufgenommen. »Kiek ma, da jibts Krepps.« Jo durchschritt entschlossen das Tor. »Un dahinten muss det Barbikju sein. Wo haste denn Lust drauf, Tiffy?« Jo griff hinter sich, erwischte aber statt der Hand ihrer Freundin etwas Wabbeliges unter fadenscheinigem T-Shirt-Stoff.

»Ey, Pfoten weg. Passen Se doch auf.«

Jo drehte sich zu einem fülligen Mitvierziger in Homer-Simpson-Shirt um. »Tschuldigung«, murmelte sie und sah an ihm vorbei Richtung Bali-Tor. Von Tiffanys blond-pink-gesträhnter Hochsteckfrisur war nichts zu sehen.

»Mann, schlimmer wie die Kurze«, knurrte Jo und lief zurück zum Tor. Tiffany stand auf der anderen Seite und starrte mit offenem Mund auf die Reliefs, die das Tor schmückten.

»Is det Ding vaflucht oder warum stehste hier un kiekst Löcher inne Luft?« Jo stippte ihrer Freundin einen Finger in den Oberarm.

»Au.« Tiffany schlug nach Jos Hand. »Nee, da sin so Nummern. Det is bestimmt son Jeheimbund wie die Iliminuti oder wie die heißen. Vielleicht ham die hier ja n Schatz vasteckt. Ne jeheime Schriftrolle, die sagt, dass der Papst jar nich der Papst is oder so. Oder son Dings mit n Dreieck un n Ooge, wo, wenn de det raushols und auf ne janz bestimmte Art antippst und drehst, son Blitz hochfährt und denn stürzt die janze Halle ein und wir müssen rennen, det we hier lebend rauskommen.«

»Ick lass och gleich een fahren. Tiffy, du bis voll durchjeknallt.«

»Nee, kiek doch ma.« Tiffany zeigte auf einige Zahlen, die auf die Steine geschrieben waren.

»Det sin Markierungen vonne Bauarbeiter.«

Tiffany wirbelte herum. »Mensch, Oma, jetz haste mir aba erschreckt.«

»Ick dachte, ick frage ma an, ob we wat essen jehn.« Oma Krawutke rieb sich über ihren mageren Bauch, der von einem Frotteehängerchen dezent verhüllt wurde, das seine beste Zeit in den frühen Siebzigern erlebt haben musste.

»Jute Idee.« Jo seufzte laut.

»Ick will aba ers wissen, wat det hier für Zahlen sin«, maulte Tiffany.

»Hab ick dir doch jesagt: Markierungen, damit die Bauarbeiter det Ding wieder richtig zusammensetzen,

nachdem se et fürn Transport aussenanderjebaut ham.«
Oma Krawutkes Magen knurrte wie zur Bestätigung.
»Hast wohl vajessen, wat de bei dein Opa jelernt has.
Un Maurer machen det nich anders wie Tischler.«

»Meinste det is, wie wenn Opa Heinz n Schrank je-
baut hat?« Tiffany klang enttäuscht.

»Jenau so. Un jetz komm, Püppi. Da hinten sin
Kevin un die Kurze uffm Weg zum Barbikju.«

»Wat willste denn schon wieda bei die Shops? Könn we
nich einfach hier sitzen un kieken.« Kevin lehnte sich in
dem Korbstuhl zurück, streckte die Arme über den
Kopf und reckte sich. »Ick bin echt viel zu voll jefres-
sen, um jetze hier rumzuloofen.«

»Mama, kuck ma, die Frau macht sich nackisch.« Sarah Michelle hüpfte aufgeregt auf ihrem Stuhl herum
und zeigte auf eine Artistin, die auf der Wayang-Bühne
vor ihnen schwungvoll einen schwarzen Satin-Umhang
von den Schultern fegte, ein glitzerndes Kleid vom
Körper riss, um dann, nur mit einem eng anliegenden
glänzenden Body bekleidet, in atemberaubender Ge-
schwindigkeit eine Metallstange hinaufzuklettern.

»Ja, janz schick, Püppi … Mensch Kevin, ick will dir
doch bloß ma die komischen Zahlen zeijen.« Tiffany
stupste ihren Ex-Freund an, der theatralisch mit den
Armen ruderte, die Beine in die Luft warf und sich
schließlich an den Tisch krallte. Der Tisch machte einen
uneleganten Hüpfer zur Seite, und Johannas Milchshake

schlabberte über den Rand des Glases und platschte auf die Tischplatte.

»Mensch, pass doch uff. Tiffy, du nervst echt total heute. Kannste nich ma mit die Scheißzahlen aufhörn«, maulte Johanna.

»Det sin keene Scheißzahlen. Da is wat mit, ick bin da total voll sicher.«

»Ihr seid ja heute schlimma als die Kurze un ihre Kumpels inne Kita. Entweder haltet ihr jetzt alle ma n Schnabel oder jeht euch det Tor ankieken. Aba ick will jetzt in Ruhe die Schau sehn.« Oma Krawutke, sonst die Ruhe selbst, klang deutlich ungehalten.

»Is ja jut, Oma«, murrte Tiffany. »Kommta jetze mit oda nich?«

Kevin und Jo starrten demonstrativ Richtung Bühne, auf der sich die junge Frau inzwischen in der Luft mit wilden Drehungen in von der Stange baumelnde Stoffbahnen wickelte.

»Denn jeh ick ebend alleene.« Tiffany schulterte ihre Strandtasche, zupfte Jos pinkfarbenen Pareo zurecht und marschierte los. Sie warf unauffällig einen Blick über die Schulter, doch keiner der Vier sah ihr nach.

Seit einer guten Viertelstunde inspizierte Tiffany das Tor eingehend. Von allen Seiten. Sogar hinter das Gestrüpp zwischen Tor und Hallenwand hatte sie einen Blick geworfen. Aber die Zahlen blieben einfach Zahlen, nichts geschah. Resigniert ließ sie sich auf den Rand eines großen Blumenkübels mit Palme sinken. Sie kram-

te einen blauen Delfin aus einer Papiertüte mit Frucht-
gummis und biss ihm den Kopf ab. Das nächste Opfer
war eine schwarzrote Fledermaus. Nachdenklich betrachtete Tiffany das Tier. »Ick vasteh det echt nich. Ick
spür jenau, da is wat mit los, mit die Zahlen. Aba et
passiert einfach nüscht. Siehste doch ooch so, oda?«
Tiffany drückte den Kopf der Fledermaus ein paar Mal
nach unten. »Wenigstens eener, der mir Recht jibt. Danke aba ooch.« Sie stopfte sich die Fledermaus in den
Mund und kaute versonnen.

»Kiek ma!«

Erschrocken fuhr Tiffany herum. Hinter ihr stand Jo
und zeigte unauffällig auf einen Mann, der sich über den
Rand der Beeteinfassung beugte und mit einer Hand
über die Ziegel des Bali-Tors strich.

»Der scheint sich ooch für deine doofen Zahlen zu
intressiern.« Jo setzte sich neben Tiffany und griff, ohne
zu fragen, in die Tüte mit den Gummitieren.

Konzentriert Fruchtgummiviecher kauend beobachteten die beiden den Mann. Er war, schätzte Tiffany
grob, uralt, mindestens zehn Jahre älter als Kevins Mutter, die es immerhin auf Mitte vierzig brachte. Seine
Haut war braungebrannt und ledrig. Den mageren Körper hatte er in bunte Shorts und ein Hawaii-Hemd ge-
steckt. Die schütteren Haare waren im Nacken zu einem
dünnen Pferdeschwanz gebunden, der sich im Stadium
fortgeschrittener Auflösung befand. Waden und Unter-
arme waren mit Tattoos bedeckt, die unter Hosenbeinen
und Hemdsärmeln verschwanden. Akribisch tastete der

Mann Ziegel für Ziegel ab, dann begann er vorsichtig mit dem Fingerknöchel gegen die einzelnen Steine zu schlagen.

»Der kiekt, ob da wat locker is«, stellte Tiffany sachlich fest.

»Mann, Tiffy, du has recht, da is bestimmt n Schatz drinne vasteckt.« Jo angelte drei Gummikrokodile auf einmal aus der Tüte und stopfte sie sich in den Mund. Hektisch kaute sie darauf herum. Plötzlich fing sie an zu husten und zu würgen. Erschrocken sprang Tiffany auf und schlug ihrer Freundin auf den Rücken. Jo ruderte mit den Armen und versuchte immer noch hustend Tiffanys Schläge abzuwehren. Schließlich drehte sie sich unter ihrer Attacke weg und spuckte eine Portion halb zerkaute Krokodile in den Blumenkasten.

»Mann, det war knapp«, keuchte sie.

»Un ick hab dir jerettet.« Tiffany strahlte.

»Von wejen jerettet. Halb totjeschlagen haste mir«, schimpfte Jo, aber dann lachte sie. »Wat macht eijentlich unsa Knacki-Freund?«

»Wieso Knacki?«, fragte Tiffany verwundert.

»Na, kiekn dir doch ma an. Die Tattoos hat der mit Sicherheit nich aus irjendeen schicken Shop in Prenzlberg.« Jo sah zu dem Mann hinüber, das heißt, sie sah zu der Stelle, an der der Mann vor ihrem Hustenanfall gestanden und Ziegel abgetastet hatte. »Oh vadammt. Wo ist der denn jetze hin?« Sie schoss hoch und zerrte Tiffy hinter sich her Richtung Tor.

»Warte«, sagte Tiffany leise und hielt ihre Freundin am Arm zurück. »Kiek ma, die Palme da vorne wackelt.«

Jo hielt mitten in der Bewegung inne. »Der is da anne Seite hinter det Tor jekrabbelt«, wisperte sie.

»Da war ick ooch, da is nüscht«, raunte Tiffany ihrer Freundin zu.

»Da haste ma wieda nich richtig uffjepasst«, flüsterte Jo zurück.

Vorsichtig schlichen sie näher.

Von den großen Blättern einer niedrigen Palme halb verdeckt hockte der Mann zwischen der Schmalseite des Tores und der Hallenwand. Er hielt ein Messer in der Hand und begann, in den Fugen zwischen den Ziegeln herumzustochern.

»Der macht det Tor kaputt«, kreischte Tiffany und stürzte sich ins Gebüsch.

»Tiffy!« Jo griff nach ihrer Freundin, doch sie erwischte nur den pinkfarbenen Pareo. Tiffany war hinter der Palme verschwunden.

Die Palme zitterte und bebte, Blätter knickten, dann war ein Krachen zu hören und die Pflanze bog sich in einem ungesunden Winkel in Richtung Fußboden.

Jo sah zwei Männer im Laufschritt auf das Bali-Tor zueilen. Sie trugen dunkelblaue Hosen und Hemden und Funkgeräte am Gürtel. »Tiffy, Tiffy, da kommen welche vonne Security.« Statt einer Antwort hörte Jo nur ein lautes Schnaufen.

»Da is son Typ mitm Messer und meine Freundin versucht den festzuhalten«, brüllte sie den beiden Security-Männern entgegen.

Neugierig blieben einige Besucher stehen.

»Da! Da im Jebüsch.« Hektisch wedelte Jo mit den Armen.

Die kleine Palme hatte keine Chance. Die beiden Männer stürmten das Gebüsch und die niedergetrampelte Pflanze gab den Blick frei auf den Mann, der wie ein Käfer auf dem Rücken lag und sich strampelnd gegen Tiffany wehrte. Die kniete über ihm und versuchte, seine Arme zu fassen. Ihre aus der Fasson geratene Hochsteckfrisur verlieh ihr den Charme einer wildgewordenen Medusa.

Die beiden Security-Leute packten Tiffany und zerrten sie hinter dem Tor hervor.

»Ey, der hat n Messer un der hat die Mauer kaputt jemacht«, brüllte sie. »Lass doch los, Mann. Kiek ma da, da liegt n Stücke von son Ziejel.«

Ein älterer Mann mit Panama-Hut reckte die Nase nach vorn und wagte einen Blick auf die plattgekämpfte Rabatte. »Ähm ja, das stimmt. Da liegt ein großes Stück Mauer. Haben Sie … hey warten Sie doch, bleiben Sie wohl hier. Erst für ein blödes Souvenir Kunstwerke zerstören und dann abhauen wollen. Das kommt aber gar nicht in die Tüte.« Beherzt griff der Mann zu, und auch einige der anderen Schaulustigen ließen sich die Gelegenheit nicht entgehen und zeigten dem Typen im Gebüsch, was Zivilcourage bedeutet.

Wenige Minuten später hatte sich das Sicherheitspersonal verdoppelt, und der Mann wurde von der Security abgeführt. Tiffany, die sich mit rotem Kopf den Pareo um ihren verrutschten BH-geschlungen hatte, Jo und einige der mutigen Helfer eskortierten die drei. Eine junge Frau, die von einem der Wachmänner über Funk gerufen worden war, fotografierte den Schauplatz, und ihr Kollege versuchte, so gut es ging, Gebüsch, Beet und Mauer vor den neugierigen Besuchern abzusperren.

Anerkennend klopfte der Mann, dessen Panamahut eine unschöne Delle davongetragen hatte, Tiffany auf die Schulter: »Mutig sind Sie ja, das muss man Ihnen lassen.«

»Na ja.« Tiffany zuckte so cool wie möglich mit den Schultern. »Ick kann doch nich zulassen, dass der det schöne Tor kaputtmacht.«

Sie liefen an der Wayang-Bühne vorbei Richtung Südsee.

»Mama«, gellte Sarah Micheles Stimme über den Platz. Sie sprang vom Stuhl und raste auf Tiffany zu. Kevin und Oma Krawutke sahen entgeistert, wie Tiffany hinter zwei Security-Männern herlief; ein dünnes, dunkelrotes Band getrockneten Bluts wand sich über ihren Oberarm von der Stelle, an der der Mann sie mit dem Messer erwischt hatte, bis zu ihrem Handgelenk.

»Meene Kleene is valetzt.« Deutlich schneller, als man es ihr auf den ersten Blick zu getraut hätte, war

Oma Krawutke aufgestanden und der Gruppe hinterhergeeilt.

Die Sicherheitsleute brachten den Mann zu einem Gang hinter der Südsee. Die kleine Truppe folgte neugierig. Tiffany, Jo und der Herr mit dem Panamahut erzählten Kevin und Oma Krawutke abwechselnd von der brutalen Messerattacke auf das Bali-Tor. Oma Krawutke arbeitete sich bis zu den beiden Wachleuten vor. »Ham Sie eijentlich jesehn, dass meene Urenkelin valetzt is? Rufen Se sofort n Arzt! Nich, det die noch ne Blutvajiftung kriecht.« Sie warf einen vernichtenden Blick auf den Mann, dessen Hawaiihemd von Kampfspuren gezeichnet war. »Un Sie, schämen Sie sich jar nich, mitn Messer uffn wehrloses Mädchen loszujehn.«

»Pff, wehrlos«, knurrte der Mann. »Wenn das wehrlos ist, will ich nicht wissen, wie ›wehrhaft‹ in Ihrer Familie aussieht.«

An einer Tür standen zwei weitere Sicherheitsleute und nahmen die Gruppe in Empfang. Eine dunkelhaarige Frau in Uniform ließ ihre Kollegen und den Mann in das Büro. Dann wandte sie sich Tiffany und den anderen zu.

»Sie kommen mit in unseren Sanitätsraum. Da lassen Sie sich mal verarzten.« Sie zeigten ihnen den Weg. »Ich bin gleich wieder bei Ihnen.«

Schließlich kam die dunkelhaarige Frau in Begleitung eines Herrn in Anzug zur Tür herein. Tiffany hatte inzwischen weiteres Lob und einen schicken weißen Verband um den Oberarm bekommen.

»Ich möchte mich im Namen der Geschäftsleitung ganz herzlich bei Ihnen für Ihren Einsatz bedanken.« Er lächelte Tiffany leicht gequält an. »Aber das nächste Mal rufen Sie bitte sofort die Security und sehen von weiteren Heldentaten ab. Wir verlieren nur ungern Gäste durch Messerstechereien.« Sein Lächeln wurde noch eine Spur verkrampfter.

»Un wat is jetzt mit dem Typen?« Tiffany sah an dem Mann im Anzug vorbei zu der Frau von der Security.

»Wir haben Anzeige wegen Sachbeschädigung gestellt und der Mann hat natürlich Hausverbot. Falls Sie Anzeige wegen Körperverletzung erstatten wollen, geben wir Ihnen gerne die notwendigen Informationen.«

»Ach Quatsch, is ja bloß n Kratzer.« Tiffany winkte ab. »Un irjendwie bin ick ja ooch selba schuld.«

»Kann man so sagen«, murmelte der Anzugträger. Er räusperte sich. »Jedenfalls noch mal vielen Dank. Falls Sie noch irgendeinen Wunsch haben, Sie sind selbstverständlich unsere Gäste.«

»Wunsch? Äh also …«

»Ick will in son Zelt schlafen«, krähte Sarah Michele in Tiffanys Gestotter.

»Det is ne jute Idee.« Kevin stippte Tiffany in die Seite. »Hier übernachten wär doch supercool.«

»Ja, jetzt, wo de det sagst.« Tiffany strahlte. »Det ha ick mir vadient, find ick. Immerhin ha ick Ihrn Laden ne

132

Menge Kohle jespart. Det hätt wer weeß wat jekostet, wenn der von det janze Tor die Ziejel abjepuhlt hätte.«

»Da muss ich erst sehen, ob wir noch freie Zelte haben.« Der Mann im Anzug wandte sich zum Gehen.

»Da müssen Sie nicht nachsehen. Das kann ich Ihnen so sagen. Zelte haben wir noch einige frei, von den Lodges sind auch nur drei für heute Nacht gebucht.« Die Security-Frau zwinkerte Sarah Michele zu, die vergnügt vor Kevin auf und ab hüpfte und »ick schlaf in't Zelt« sang.

»Det is aba schön. Denn fürn Zelt bin ick doch schon n bisschen alt.« Oma Krawutke nahm die Hand des Anzug-Mannes und schüttelte sie. »Sie sin wirklich großzüjig. Is in die Lotschen ooch n richtijet Bett?«

»Hey, Jo.« Tiffany stupste ihre Freundin, die auf der Matratze neben ihr lag, an. Jo antwortete mit einem Geräusch irgendwo zwischen Schnarchen und Grunzen. Tiffany lauschte. Im Nachbarzelt war alles ruhig. Kevin und Sarah Michele hatten sich den ganzen Abend wie Bolle aufm Milchwagen verstanden, und Tiffany hatte absolut nichts dagegen gehabt, als Sarah Michele unbedingt mit ihrem Papa in einem Zelt schlafen wollte. Noch eine ganze Weile hatte sie Kevin gehört, der Sarah Michele verworrene Geschichten von Dinosauriern und Piraten erzählte, hin und wieder unterbrochen vom hellen Kichern ihrer Tochter. Auch die Geräusche in der riesigen Halle des Tropical Islands nahmen mehr und mehr ab, bis schließlich nur noch gelegentliches

Husten und Flüstern oder leise Schritte zu hören waren. Tiffany sah auf die Zeitanzeige ihres Handys. 2 Uhr 37. Sie legte sich auf den Rücken und starrte in das Halbdunkel. Dann schloss sie die Augen und sang leise »Guten Abend, gute Nacht«. Aber es half nichts. Sie beugte sich zu Jo hinüber und rüttelte an ihrer Schulter.

»Johooo«, zischte sie, »wach auf.«

»Mann, wat isn«, brummte Jo.

»Ick kann nich schlafen.«

»Janz doll. Ick aba schon, jedenfalls bis grade.« Jo öffnete langsam die Augen.

»Jo, wenn der jetz da doch wat jesucht hat un nich bloß n Ziejel klauen wollte.«

»Tiffy, ehrlich, jib uff. Det warn Spinner. Da is nüscht. Lass mich schlafen«, maulte Jo und drehte sich auf die andere Seite.

»Mensch Jo. Aba wenn nich. Lass uns doch ma nachkieken«, drängelte Tiffany. Sie stieß Jo an. »Los, du traust dir bloß nich.«

»Son Quatsch. Klar, trau ick mir.« Jo seufzte laut. »Okay. Aba nur janz kurz, un denn bin ick wieda in meen Bette.«

Der Platz vor dem Bali-Tor war nur durch eine schwache Laterne beleuchtet. Zwischen dem Ende des Tores und der Hallenwand hing schlaff ein Absperrband. Irgendjemand hatte erfolglos versucht, die kleine Palme wieder aufzurichten. Jo und Tiffany sahen sich um. Der Shopping-Boulevard war ebenso verwaist wie das Tropendorf mit den nun geschlossenen Restaurants. Nicht einmal die Goldfasane und Wachteln, die tagsüber zwischen den Besuchern herumstolzierten, waren zu sehen.

»Okay, alles klar«, flüsterte Jo und kroch unter dem Absperrband durch zur Querseite des Bali-Tors. Die herausgebrochenen Ziegelstücke hatten ein paar hässliche Löcher in der Mauer hinterlassen. Tiffany hockte sich neben Jo und tastete die Wand mit der Hand hab, wackelte an den Ziegeln und versuchte, mit den Fingern den Mörtel aus den Ritzen zu kratzen. Jo klopfte leise die Steine ab.

»Hör ma, Tiffy, det klingt komisch hier.« Sie schlug mit dem Fingerknöchel gegen eine steinerne Verzierung.

»Ick hör nüscht.« Tiffany rutschte nahe heran und legte ihr Ohr an die Mauer. »Mach noch mal.« Jo klopfte. »Ick hör immer noch nüscht. Warte ma.« Tiffany setzte sich auf, griff die Verzierung mit beiden Händen und wackelte daran wie an einem losen Zahn. Mörtel bröselte.

»Ick helf dir.«

Jo hängte sich mit ihrem ganzen, nicht unerheblichen Gewicht an den Stein. Es knirschte im Gemäuer, weiterer Mörtel rieselte und das Relief bewegte sich einige Millimeter nach vorne.

»Da isn Schatz hinter. Hab ick doch jesagt«, jubelte Tiffany.

»Noch is da jar nüscht. Halt den Schnabel und zieh.« Jo presste die Lippen aufeinander, stemmte die Füße gegen die Mauer und zerrte ächzend an dem Stein. Mit einem Krachen brach das Ornament aus der Wand. Jo und Tiffany hielten erschreckt den Atem an und lauschten. Aber um sie herum blieb alles still.

»Jib mal dein Feuerzeug.«

Tiffany leuchtete mit der Flamme von Jos Feuerzeug in das Loch, das der Reliefstein hinterlassen hatte. »Da is wat drinne.« Tiffanys Stimme war heiser vor Aufregung. »Au vadammt.« Mit einem spitzen Schrei ließ sie das Feuerzeug fallen und pustet gegen ihren Daumen.

»Weichei«, frotzelte Jo. Sie streckte die Hand nach dem Loch aus, wurde aber von Tiffany rüde zur Seite geschubst.

»Pfoten weg, det is meene Entdeckung.« Tiffany schob ihre Hand in die Maueröffnung und tastete darin herum.

»Un wat is? Sag schon!«, zischte Jo.

»Ne Plastiktüte oder so, gleich hab ick se.« Triumphierend zog Tiffany eine kleine Tüte hervor.

»Det sieht aba nich nach n Riesenschatz aus. Gib ma.« Jo riss ihrer Freundin die Tüte aus der Hand und hielt sie gegen das matte Licht der Laterne. »Ick gloobe, da is bloß n Zettel drin.«

»Nee Jeheimbotschaft, die det Ende vonne Welt bedeutet«, quiekte Tiffany. »Wat stehtn druff?«

Jo nahm das Feuerzeug vom Boden und hielt es neben den Zettel, den sie aus der Tüte gezogen hatte. Entgeistert starrten die beiden Freundinnen auf das Papier. Ein kleiner Text in Druckbuchstaben grinste sie frech an:

Ey, Atze, Alter, haste also doch noch geschafft zum Tor. Kennste die Geschichte vom Hasen und vom Igel? Ich zitiere an dieser Stelle echt gerne: Bin schon da gewesen. Die Nummer mit dem Hotel war wirklich gut. Hätte nie gedacht, dass die Beute so fett wird. Und auch deine Idee, das Zeug in diesem bescheuerten Tor nach Deutschland zu schmuggeln, war gar nicht so übel. Aber ehrlich, Kumpel, für wie blöd hältst du den Zoll eigentlich? Ich bin jedenfalls auf Nummer sicher gegangen. Hab mir meinen Teil wiedergeholt, bevor das Ding verschifft wird. Und deinen Teil … echt Alter, ich hab's eigentlich nicht gewollt, aber ich finde, dafür dass du meine Alte flachgelegt hast, warste mir noch was schuldig. Also, nichts für ungut, Kumpel, und noch nen schönen Tag in Tropisch-Brandenburg.

Oma Krawutke findet ein Bild

Reifen quietschten. Oma Krawutke schreckte hoch. Etwas flog in hohem Bogen zwischen die Weihnachtssterne vor dem kleinen Laden in der Großbeerenstraße.

»Vadammte Rocker!«, schimpfte sie. Dann blickte sie sich um: »Och nee, jetzt bin ick ja an *Edeka* schon vorbei. Da war ick aba in Jedanken.« Sie stützte sich auf den Griff ihres Gehstocks und sondierte die Lage. Der Supermarkt lag fünfzig Meter hinter ihr, sie stand schon fast an der Ecke Hagelberger Straße.

Es nieselte. Ihr Blick fiel auf die umgekippten Weihnachtssterne. »Ihr armen kleenen Dinger steht da so alleene im Rejen, un denn schmeißen se ooch noch mit Klamotten nach euch.« Sie beugte sich hinunter. »Soll ick euch retten?« Oma Krawutke griff nach dem kleinsten Topf.

»Wat isn dette?« Sie stellte den Topf zurück und angelte nach dem vermeintlichen Müll. »Det is ja hübsch!«

Es war ein Holzbrettchen, nicht größer als ein Blatt Papier.

Sie sah sich um. Es regnete jetzt heftiger, und die Straße war wie leergefegt. Rasch öffnete Oma Krawutke ihre Einkaufstasche und ließ das Brettchen hineingleiten. So schnell es ihre Arthrose zuließ, drehte sie sich um und sauste nach Hause.

*

Vorsichtig tupfte Oma Krawutke die Tropfen von der blassen Nase auf dem kleinen Bild. »Mensch, ne halbe Stunde länger da draußen, dann wärste hin jewesen, wa? Aber mit son bisschen Seifenlauge kriegn we det wieda hin. Siehste, biste gleich viel sauberer. – Hoppla«, ein Fetzchen altweißer Farbe hatte sich in den Maschen des Spültuchs verheddert.

»Det sieht ja nich jut aus!« Ratlos blickte sie auf die dunkle Stelle im elfenbeinfarbenen Dekolleté. »Na, richtig in Schuss biste sowieso nich mehr. Du wackels ja an alle Ecken un Enden.« Sie drohte dem portraitierten Mädchen, als habe es Schuld an seinem maroden Zustand. »Aba vielleicht kann Heinz da wat machen.« Sie warf den Lappen in den Ausguss und schlurfte zum Telefon.

*

Heinz drehte das Bild auf die Rückseite, dann kippte er es leicht und beäugte die Unterkante. Er schwenkte es um hundertachtzig Grad und hielt die bemalte Fläche ins schummrige Licht der Stehlampe.

»Na, kannste wat erkennen bei det gleißende Licht?«

»Du has ja keene Ahnung von Antiquitäten!« Heinz hob die Holztafel vor das linke Auge, schob seine Brille hoch und kniff die Lider zusammen. Dann hielt er das Bild auf Armeslänge von sich weg.

»Nu kniep nich so wichtig mit die Oogen. Wat is denn nu?«

Heinz warf ihr einen finsteren Blick zu und legte das Bild auf den Beistelltisch. Mit dem Fingernagel löste er einen Splitter dunkler Farbe in der rechten unteren Ecke.

Oma Krawutke beobachtete ihn argwöhnisch.

»Da haste wat Feinet jefunden«, brummte Heinz, »det is antik, mindestens dreißjer Jahre.«

»Vielen Dank ooch, denn könnt ick dem Frollein seine ältre Schwester sein.«

»Ach Oma.« Heinz grinste. »Ick bring dir det in Ordnung. Ick schiebs üba die Abrichte, denn isset hinten wieda plan. Vorne kommt Klarlack ruff, denn blättert die Farbe ooch nich mehr.«

»Det hobelste mir nich, da ruinierste bloß det Bild!«

»Nee, lass ma. Ick säg det an die Stellen auf, wo et reißt, un verleim et wieda neu. Da jehn vielleicht drei, vier Millimeter flöten, aba det siehste hinterher nich mehr. Haste eigentlich n Rahmen für det Ding? Warte mal. Ick gloob, ick hätt da wat.« Heinz zückte seinen Zollstock und hielt ihn an das Bild. »Links und rechts fehlt n Zentimeter. Da setz ick einfach wat ran. Oben noch zwee runter, denn haut det hin.«

Er steckte seinen Zollstock wieder ein und klemmte sich das Bild unter den Arm. »Ick mache et gleich fertig. Morgen kommt n neuer Ufftrag rinn, da hab ick keene Zeit mehr. Mach ma n paar Rindsrouladen für heute Abend, denn komm we ins Jeschäft.«

»Also doch noch zum Fleischer«, seufzte Oma Krawutke, als die Tür hinter Heinz ins Schloss fiel.

Sie hatte sich gerade den Mantel übergezogen, als es klingelte.

»Tiffy, Kleene, det is ja nett. Heute Abend kommt Heinz zum Rouladenessen. Willste ooch wat?«

»Klar, Oma. Ick hol nur noch Sarah Michelle ausse Kita.«

»Det is schön, wenn die Kurze ooch kommt. Wo de schon unterwegs bist, kannste schnell noch bei *Edeka* vorbei und Rouladenfleisch holen? Senf brauch ick ooch noch un Speck. Aber lass dir nich wieda den andrehn mit die vielen Knorpel.«

»Nee, Oma. Ick doch nich. Ick bin doch keene zwölf mehr.« Urenkelin Tiffany grinste sie an, schnappte die Einkaufstasche samt Geldbörse und stob die Treppe hinunter.

*

Oma Krawutke brutzelte in der Küche Rouladen, während Tiffany mit ihrer kleinen Tochter im Wohnzimmer einen Zeichentrickfilm sah.

»Tiffy, hörste nich? Det hat jeklingelt. Is bestimmt Heinz. Mach ma uff!«

Zwei Minuten später stand sie mit Heinz und Tiffany um den kleinen Beistelltisch herum und betrachtete ehrfürchtig das Portrait. »Mensch, det Frollein haste ja prima wieda hinjekricht, Heinz.« Zärtlich strich sie über die glänzende Fläche. »Wie det strahlt!«

Tiffany schob sich näher an den Tisch. Halb bewundernd, halb neidisch taxierte sie das Bild. »Oma, det is bestimmt Hermelin, wat die am Kragen hat. Un denn die Kette mit die Perlen. Nur die Mütze is beknackt. Aber det war sicher schick früher. Also ick gloob nich, dass det dreißjer Jahre is. Det is bestimmt älter.«

»Bestimmt, Püppi. Aber jetzt is jenuch jeguckt. Ick muss mir um die Rouladen kümmern. Heinz, kannste det Bild übern Fernseher hängen? Tiffy hat den ollen Teller aus Garmisch schon runterjenommen.« Sie stupste Heinz mit dem Ellbogen in die Seite, dann verschwand sie eilig in der Küche.

Sie hatte den Deckel noch nicht vom Topf gehoben, da steckte Heinz schon wieder den Kopf durch die Küchentür: »Jetze hängts. Willste ma kucken?«

Oma Krawutke wischte sich die Hände an der Kittelschürze ab und marschierte ins Wohnzimmer.

»Ick hab dir die Stelle, wo die Farbe abjejangen is, nochn bisschen mit Deckweiß überjemalt. Sieht man

143

jetz jar nich mehr, dass da wat jefehlt hat. Nur an die Risse konnt ick nüscht machen.«

»Is doch wieder wie neu.« Stolz betrachtete Oma Krawutke ihre Errungenschaft. »Jetze muss ick aba zu mein Rotkohl.«

Heinz folgte ihr in die Küche, setzte sich an den kleinen Resopaltisch und köpfte eine Flasche *Bärenpils*, während sie zufrieden ihren Rotkohl rührte.

Plötzlich flog die Küchentür auf.

»Oma, ick hab det Bild jesehn!«

»Watn fürn Bild, Püppi?«

»Det … det im Wohnzimmer. Det is jeklaut! Ausse Jemäldejalerie! Ham se grad inne Nachrichten jebracht.«

»Quatsch.« Heinz entkorkte entschlossen eine zweite Flasche *Bärenpils* und hielt sie Tiffany hin. »Hier. Det is jut für die Nerven. Det Bild von deine Oma is höchstens fuffzich Jahre alt. So wat ham die janich in de Jemäldejalerie.«

»Wat meinste jetzt mit ›höchstens fuffzich Jahre‹? Ick denk, det is wat Feinet?« Oma Krawutke fuchtelte mit dem Kochlöffel in Richtung Heinz.

»Ach Oma, det hab ick doch nur jesacht, um dir ne Freude zu machen. Det is nüscht Dollet.«

»Heinz, vastehste nich?«, brüllte Tiffany dazwischen. »Det is wat ausn Mittelalter, von son Heilijen. Petrus oder Christus oder so.«

Oma Krawutke ließ sich auf den Küchenstuhl fallen. »Ehrlich, Tiffy?«

Die nickte mit hochrotem Kopf.

»Jut, det ick die Frau ausm Laden nich jefracht hab, ob det ihrt is. Da hätten wa jetz n Zeugen beseitjen müssen.«

»Oma!«

»Na wat denn? Wat meinste, wat auf son Kunstraub steht?« Sie holte tief Luft. »Wir müssen det zurückbringen.«

»Aba Oma …«

»Nüscht ›aba Oma‹! Det Ding muss zurück. Heinz, hol det Bild von de Wand. Tiffy, du und icke, wir jehn, wennt dunkel is, janz unufffällig an de Jemäldejalerie vorbei und stelln det Frollein am Hintereinjang ab. Und denn nüscht wie weg.«

*

Oma Krawutke schlürfte ihren Morgenkaffee, als die Türklingel hektisch schrillte.

»Det man noch nich ma sein Kaffee in Ruhe trinken kann. Is doch erst viertel acht.«

Das Klingeln wurde nun von einem lauten Hämmern begleitet.

»Is ja jut, ick komme.« Seufzend stellte sie die Tasse ab und erhob sich schwerfällig.

Tiffy stürzte an ihr vorbei in die Küche.

»Watn Kind, sind die Russen wieder einmarschiert?« Oma Krawutke schenkte ihrer Urenkelin eine Tasse Kaffee ein.

»Schlimmer, Oma, viel schlimmer!« Tiffy schob ihr die Morgenzeitung hin.

Riesige weiße Lettern auf schwarzem Grund verkündeten: »Kunst-Terroristen! Wertvolles Gemälde wieder aufgetaucht. Völlig zerstört!«

»Die schreiben: ›Die Restaurierung kostet zweihunderttausend Euro. Aber die Polizei hat bereits eine Spur: Winzige Gewebefasern am Bild verraten die Täter.‹ – Oma, pass uff!«

Der Kaffee schwappte über den Rand der Tasse und ergoss sich in kleinen Rinnsalen über den Küchentisch.

»Son Scheibenkleister.« Oma Krawutke fluchte leise vor sich hin. Mit der einen Hand fischte sie nach dem Lappen an der Spüle, mit der anderen versuchte sie die Kaffeekanne abzustellen.

»Oma!«

Zu spät. Mit lautem Getöse zerschellte die Kanne auf dem Boden.

Resigniert blickte Oma Krawutke auf die Schweinerei zu ihren Füßen. »Na, Scherben bringen Glück – hoffen we et Beste.«

Quellennachweise

Auf immer und ewig ist zuerst erschienen in: Mausetot in Spreeathen. Hrsg. Jan Eik und Stephan Hähnel. Buchvolk Verlag, Zwickau 2013.

Zeichen ist zuerst erschienen in: Tropical Islands Krimis, Band 2. Krausnick 2010.

Rache ist süß ist zuerst erschienen in: Immer Ärger mit den lieben Verwandten – Kurzkrimis aus Ost und West. Hrsg. Silvija Hinzmann und Ruth Borcherding-Witzke, Ariadne Krimi, Argument Verlag, Hamburg 2009.

A Star is Dead ist zuerst erschienen in: Berliner Morde. Hrsg. Dietlind Kreber, Wellhöfer Verlag, Mannheim 2009.

Kevins Eier ist zuerst erschienen in: Bitte mit Schuss! Kulinarische Kurzkrimis aus Berlin. Hrsg. Momo Evers. Mitteldeutscher Verlag, Halle 2007.

Oma Krawutke findet ein Bild wurde mit dem Sonderpreis des Tagespiegel-Erzählwettbewerbs 2005 ausgezeichnet.

Mörderisch unterwegs – in Güstrow

Eine Seniorin mit bemerkenswertem kriminalistischem Spürsinn, eine Reptilienhasserinnen mit Hang zu exzessivem Tortenverzehr, eine hüpfende Alte, die zum lohnenden Objekt perfider krimineller Handlungen wird, und ein paar abgelegte Kurtisanen, die mithilfe eines alternden Kastratensängers und jeder Menge Zimt aus der Not eine Tugend machen.

Wenn Sie wissen wollen, was diese merkwürdigen Gestalten mit Güstrow zu tun haben, lesen Sie die vier Kurzkrimis von Anja Feldhorst, Astrid Ann Jabusch, Uschi Kurz und Ulrike Bliefert.

Hrsg. Anja Feldhorst & Ulrike Bliefert.
62 S., TB 3,99 Euro, E-Book 1,49 Euro.
BoD, Norderstedt 2019.
ISBN 978-37504097434

Mörderisch unterwegs

-in Güstrow

Hrsg. Anja Feldhorst und Ulrike Bliefert

Prignitzer Schreibsalon -
Anja Feldhorst

Wie aus Ideen Geschichten werden -
das Handwerkszeug des belletristischen Schreibens

Kurse vor Ort und online

www.prignitzer-schreibsalon.de